夏・葵祭　下鴨神社・上賀茂神社（P71）

2

1

4

3

5

1 春・雛流し 下鴨神社（P23）

2 秋・五山の送り火（P125）

3 秋・赦免地踊 秋元神社（P159）

4 冬・錦市場 錦小路（P193）

5 新年・懸想文売り 須賀神社（P225）

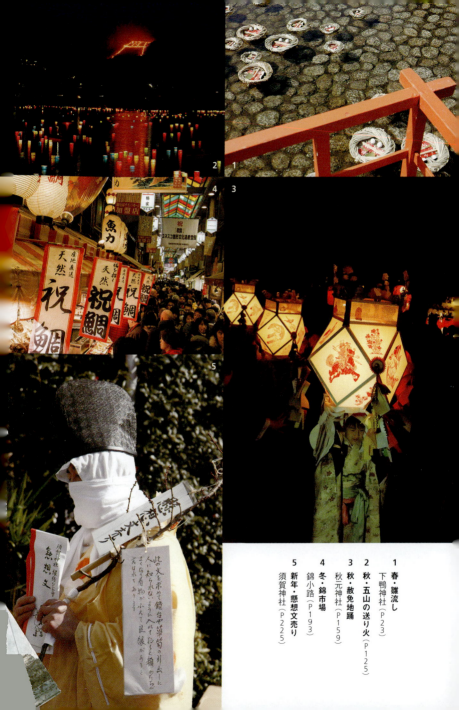

季語になった

京都千年の歳事

井上弘美

角川書店

ブックデザイン　アルビレオ
写真　中田昭、湯口昌彦（上賀茂神社の競馬）
地図　岡本倫幸

目次

春

夏

秋

京都の月

冬

京都の歳末

新年

京都の初詣

61
40
106
367
31
賀茂の競馬
葵祭
夏祓
白馬奏覧神事 上賀茂神社
国際会館駅
八瀬
比叡山口駅
宝ヶ池駅
安良居祭 今宮神社
北山通
堀川通
雛流
葵祭
矢取神事
蹴鞠始 下鴨神社
五山の送り火
(船岡山)
北大路通
西大路通
下鴨本通
高野川
白川通
萩まつり
梨木神社
閻魔堂狂言
引接寺
今出川通
北野
白梅町駅
雛まつり
宝鏡寺
京都御所
烏丸通
出町柳駅
東大路通
節分会 吉田神社
懸想文売り 須賀神社
千本通
丸太町通
丸太町通
二条城
鴨川
時代祭 平安神宮
二条駅
御池通
河原町駅
祇園四条駅
錦市場 錦小路
除夜の鐘
知恩院
烏丸駅
祇園祭
おけら詣り 八坂神社
西院駅
大宮駅
四条通
都をどり 祇園甲部歌舞練場
川床 鴨川
五条通
六道まいり 珍皇寺
丹波口駅
十日ゑびす
恵美須神社
通し矢・柳の御加持
三十三間堂
壬生狂言
節分会 壬生寺
七条通
山科駅
JR東海道本線
京都駅
JR東海道本線
西大路駅
九条通
JR奈良線
JR東海道新幹線
十条通
伏見稲荷
稲荷駅
田植祭 伏見稲荷大社

京都の歳事地図

◆春の歳事
◆夏の歳事
◆秋の歳事
◆冬の歳事
◆新年の歳事
◆虫払 神護寺
◆柚子湯 水尾
◆梅花祭
◆芋茎祭
◆終い天神
北野天満宮
◆嵯峨御松明
清涼寺
◆鯉揚げ 広沢の池
◆大根焚 了徳寺
◆千灯供養 化野念仏寺
保津峡駅
JR山陰本線
宇多野駅
◆灯籠流し
遍照寺
嵯峨嵐山駅
太秦駅
トロッコ嵐山駅
三条通
帷子ノ辻駅
◆十三詣 法輪寺
◆牛祭
◆釿始め
広隆寺
◆三船祭 車折神社
嵐山駅
四条通
松尾大社駅
桂川
上桂駅
桂駅
桂川駅
◆松上げ
広河原
鍋谷山
◆竹伐り会式
鞍馬寺
多宝塔駅
◆鞍馬の火祭
由岐神社
山門駅
鞍馬駅
貴船口駅
瓢箪崩山
◆赦免地踊
秋元神社
小野駅
醍醐駅
六地蔵駅
◆はねず踊
小野随心院
京奈和自動車道
同志社前駅
三山木駅
◆竹送り
観音寺
名神高速道路
宇治川
八幡市駅
橋本駅
◆放生会
石清水八幡宮
六地蔵駅
◆裸踊
法界寺
黄檗駅
宇治川
宇治駅
◆鵜飼
宇治

春

京都の桜

円山公園と花の寺

円山公園の枝垂桜

嵐山、嵯峨野、哲学の道、岡崎。爛漫の桜が散り始めるころの京都は、洛中洛外、どこへ行っても風に乗って桜の花びらが流れてくる。祇園白川や木屋町あたりなら、夜風に散る桜が美しいが、夜桜は何といっても円山公園の枝垂桜である。日が落ちて篝火に火が入ると、やや老いた紅枝垂も夜の粧いとなる。

笠を被て花の祇園のかゞり守　大橋桜坡子

（『雨月』昭13）

円山公園の枝垂桜の上に、煌々たる満月を画いた「花明り」は東山魁夷の代表作であるが、月と桜の歌人といえば西行である。

洛西、大原野にある「花の寺」は西行法師ゆかりの寺で、「西行桜」はじめ、多くの桜が境内を埋め尽くす。ここは西行剃髪の寺で、正式名称は勝持寺《しょうじじ》。「西行桜」は手ずから植えたと伝えられている。現在の桜は何代目かのものだが、はらはらと儚げに咲いて、見るものの心を捉える。収蔵庫が庭に向かって開け放たれているので、本尊の薬師如来も、丹の色を赤々と残した十二神将も、桜に包まれているような趣である。

このあたりは小塩山の山裾で、山里の風情が色濃く残っている。すぐ近くには大原野神社や正法寺、少し足を延ばすと在原業平ゆかりの十輪寺や、京都の町を見下ろせる吉峯寺などがあって、いずれも桜が美しい。大原野神社から花の寺へは、竹林を抜けてゆくような小径がひっそりと続いている。いつの季節も落葉が厚く積もっていて、一人で歩くと心細いほどの静けさだ。晩春のころなら、花の寺の山門から寺の入り口まで、長い上り坂の参道に藪椿が赤々と落ちる。

地 に と ど く 西 行 桜 し た し け れ　　高浜　虚子

（『名所で詠む京都歳時記』）

竹《たけ》送《おく》り

観音寺

三月一日から行われる東大寺二月堂の修二会、とりわけ「お水取り」は関西に春を呼ぶ行事としてよく知られている。お松明の火の粉を浴びると一年間無病息災で過ごせるというので、籠松明の夜は参拝者が溢れる。籠りの僧が大松明を担ぎ、二月堂の冷え切った夜空から火の粉を降らすと、待ち構えていた人々から歓声が上がる。荘厳にして勇壮な行事である。

ところで、このとき用いられる竹は各地の講から寄進されるが、京田辺市にある観音寺周辺の人々で組織されている「山城松明講」もその一つである。寺の周辺に大きな竹林が広がっていることから、例年二月十一日の早朝に竹を掘り起こす。使われるのは真竹で、お松明にふさわしい真っ直ぐに伸びた竹があらかじめ選ばれ、目印が付けられている。それを、「二月堂」

と背中に白く染め抜いた青い法被姿の人々が、根付きの状態で丁寧に掘り起こすのである。

送り竹掘るに白息盛んなり　神原　廣子

（『新京都吟行案内』）

「山城松明講」から送る竹の数は六、七本。それを観音寺に運び込み、道途の無事を祈願して法要を行う。竹には一本ずつ「奉納二月堂」などと墨で大きく書かれる。

この観音寺は真言宗の寺院で、創建は天武天皇の代にさかのぼる。天平十六年（七四四）に聖武天皇の勅願によって良弁《ろうべん》僧正が伽藍を整備し、その高弟実忠和尚が第一世になられたという。良弁僧正といえば東大寺の初代別当であるから、観音寺から竹が送られるのは、良弁僧正の縁あってのことなのかもしれない。往時は藤原良房、基通ら藤原氏一族の庇護を受けた巨刹だったが、後に火災によって焼失。本堂、庫裡《くり》、書院を残すのみとなった。本尊の十一面観音は天平仏で国宝に指定されている。「竹送り」のころには境内の臘梅《ろうばい》が咲いて高貴な香を放ち、のどかな中にも往時を偲ばせる。

二月堂までの竹を送る道中は、昔は舟や牛を使ったという。竹に「お松明」と記して街道に出しておけば、近隣の人や旅人がリレーして、自然に二月堂へ届いたという話も伝え聞く。神聖な竹を担ぎ、送るということが人々に広く受け入れられ、尊ばれていたことがわかる。現在の「竹送り」は奈良坂までトラックで運び、そこから二月堂まで約四キロの距離を歩いて運ぶ。雲居坂から登大路を経て東大寺へ、先頭は「二月堂竹送り」の幟《のぼり》を担ぎ、続く竹一本は「お水取松明竹」と墨書した札を下げて、四、五人で担ぐ。残りの竹は大八車に乗せて曳くのである。伐られたばかりの竹と一緒に早春の奈良を歩くと、大きな時間の流れの中にいるような清々しさを感じる。

根付ごと雪ごと竹を送りけり　松村　茂

（『新京都吟行案内』）

「竹送り」は昭和五十三年に有志によって復活された。掲句の作者松村氏は、その中心的な方である。二月初旬の奈良は冷え込んで、雪や霙《みぞれ》が降ることもある。それでも千数百年の修二会の伝統を支えるべく、竹は送られるのである。無事、竹を送り届けたあとは、二月堂のすぐ傍の御堂で句会が行われる。私がこの行事に参加していたのはもう二十年以上昔だが、句会の主宰は二月堂の主管だった。

京都から奈良へと奉納竹を送るゆかしい行事。「竹送り」を、ぜひ春の季語にしたいものである。

梅《ばい》花《か》祭《さい》

北野天満宮

昼の月ほのと懸りて梅花祭　堀井 英子

（『新編　月別　仏教俳句歳時記』）

二月二十五日は菅原道真の祥月命日。梅の盛りのこの日、北野天満宮では華やかに、「梅花祭」が行われる。九州太宰府で道真が亡くなったのは延喜三年（九〇三）二月二十五日。北野天満宮が創建されたのは天暦元年（九四七）である。道真の死から百年余り経た天仁二年（一一〇九）の二月二十五日に、御霊を慰める祭礼が行われた記録が残っていることから、九百年の伝統を誇る行事であることがわかる。

当日は、神前に「梅花御供《ごく》」を献饌するが、明治までは「菜種御供」と称した。『増山の井』（寛文七年）に「北野の御忌日」として記載。『栞草』（嘉永四年）には「菜種の御供」を併記し、「供物の上に菜花を挿《さしはさ》む、故にしかいふ。或は歳によりて、菜花いまだ開かざれば梅花を挿む」と書かれている。

八つ棟や参《さん》進《しん》晴るる菜《な》種《たね》御《ご》供《く》　桂　樟蹊子
（『名所で詠む京都歳時記』）

菜の花を烏帽子にかざし道真忌　永守　澄子
（『新編　月別　仏教俳句歳時記』）

北野天満宮の社殿は八棟造《やつむねづくり》で、総面積約五百坪の堂々たる檜皮葺《ひわだぶき》である。その社殿に進み出る「菜種御供」の日の晴れやかな思いを読んだのが前句。後句は「道真忌」を季語として読んでいる。季語としての「菜種御供」には、旧暦で行われたころの古風な趣がある。現在供えられる「梅花御供」は、四斗の蒸米をつき、大小の台に盛った大飯《おおばん》、小飯《こばん》と、筒状にした仙花紙の底にかわらけを置き、そこに玄米を入れて梅の枝をさしたものである。これを「香立《こうだて》」と言って男女の大厄年になぞらえて、白梅（男性）四十二本、紅梅（女性）三十三本を供えるのである。

北野天満宮梅花祭の神官の烏帽子

毎月二十五日は「天神さん」の日で、境内の隅々まで露店が並ぶが、「梅花祭」の日は格別な賑わいを見せる。

梅《ばい》花《か》祭《さい》屋台の縄を松に結ひ　田村　梛子

（『名所で詠む京都歳時記』）

この日は幔幕《まんまく》を張り巡らして、大掛かりな野点の席が設けられる。天満宮からほど近い花街、上七軒《かみしちけん》のきれいどころがお茶の接待をするのである。この野点は、豊臣秀吉が天正十五年（一五八七）に北野大茶会を催した故事にちなむという。

もう随分昔のことだが、ある年、雪の野点になったことがあった。やわらかい春の雪が、芸妓たちの日本髪に降るのが、ことに美しかったのを思い出す。次に訪れたときは雨上がりだった。まだ濡れている梅が馥郁《ふくいく》として潦《にわたずみ》に映っていた。

境内の梅もさることながら、神社の西側一帯に広がる梅林には五十種、約千五百本の梅が咲いて見事だ。わずかな距離だが、川沿いを散策できるのが良い。この梅林には「お土居」が残っていて、京都の歴史の厚みを直に感じることができる。お土居とは、豊臣秀吉が洛中洛外を区別するために築いた堤のことで、その一郭が梅林のなかに残っているのである。このあたりのお土居は紙屋川の堤を利用して造られたのだが、川の流れは変化してしまうことなく、今も梅林の西方を流れている。平安時代にはこの川で紙が漉かれていた。川のほとりに官営の紙漉き所、紙屋院があって、そこで漉かれるねずみ色の紙屋紙を、紫式部も愛用していたという。もともと平安時代に造られた運河であるが、現在もわずかな水量を保っている。その川を縁取るように、紅梅、白梅が植えられているのである。風が吹くとささやかな流れに梅の花びらが散り、ときどき鳥が降りてくる。

太閤のお土居の跡や梅香る　重富　國宏
（『続氷室歳時記』平19）

呼ばれたるごと紅梅に振りむきぬ　河合　照子
（『名所で詠む京都歳時記』）

雛《ひな》まつり

宝鏡寺

洛中、堀川寺之内にある宝鏡寺は「人形寺」として親しまれている。この寺は門跡尼寺で、本尊は聖観音。その聖観音が手中に宝鏡を所持していたことから、名前が付けられたという。応安年間（一三六八〜七五）に光厳天皇の皇女、恵厳禅尼《えごんぜんに》が、景愛寺《けいあいじ》の子院福尼寺を再興したのが始まりで、百々御所《どどのごしょ》とも呼ぶ。歴代皇女ゆかりの人形を多数所蔵していて昭和三十二年から春秋二回、人形展として一般に公開されるようになった。三月一日は春の人形展の初日で、島原太夫の舞が奉納されるなど、華やかに「雛まつり」が行われる。

振《ふる》舞《まい》や下座になをる去年の雛　去来

（『猿蓑』元禄4）

初めて島原太夫の踊りを見たのは、二十年くらい前のことだ。本堂を囲み、鈴生りになって待ち構える人々の前に現れた太夫は、赤い絢爛たる衣装に身を包み、匂うようにあでやかだった。何という曲を披露されたのかは忘れてしまったが、舞い姿が雅やかだったのと、白く塗られた素足がなまめかしかったことをよく覚えている。本堂の磨き抜かれた黒い床に映えて、それは衝撃的な美しさであり、妖しさだった。結い上げた髷《まげ》に挿したいくつもの簪《かんざし》、眦《まなじり》の紅、大きく抜いた襟、懐に差し挟んだ懐紙、そして前に垂らした帯。贅《ぜい》を尽くした衣装を纏っているだけに、足に生身の女が感じられたのである。

島原太夫といえば、かつては正五位を授けられ、殿上に上がることを許された身分である。品格、教養、容姿のすべてにおいて抜きんでていなければならなかった。門跡尼寺で踊るにふさわしい身分だったのである。その矜恃もまた、素足に表れているように思えた。庭には紅梅が咲き、古雛に春の光が射していた。

（『新京都吟行案内』）

百々御所の結界多き雛祭　服部 裕子

雛人形は本堂以外にも、書院の間や使者の間といったさまざまな部屋に飾られる。また、等身大の平安装束の人形によって、雛遊びの様子が再現されているのもこの寺ならではである。

投扇興《とうせんきょう》や貝合わせなどの豪華な道具が披露されるのである。私は三月を迎えると、宝鏡寺の古雛に会いたくなって何年も通った。玄関で靴を脱いで、御錠口を通るときには、いつも結界を越えて特別な空間に入る思いになった。そこで出会ったさまざまな人形。うっすらと開いた口から綺麗な舌が覗いていた雛、髪をすっかり失ってしまった雛、若い女性がはく濃紫袴《こきのはかま》を身に付けた新婚間もないあどけない雛などとともに、御所人形や市松人形なども思い出す。

宝鏡寺の空間は、町中にありながら落ち着いた静寂を保っている。人形展の初日に一弦琴の奉納を聞かせていただいたこともあった。訪れる人の少ない午後、降り出した雨を雛人形とともにしばし眺めた。

雛《ひな》流《なが》し

下鴨神社

玉石にのり上げ雛流れざる　広田祝世

（『新京都吟行案内』）

三月三日、下鴨神社の御手洗川《みたらしがわ》に雛が流される。

世界文化遺産に登録された下鴨神社は「糺《ただす》の森」で知られているが、その豊かな森には泉川、御手洗川、奈良の小川、瀬見の小川の四つの川が流れている。その中で、御手洗川だけが湧水で、瀬織津比賣命《せおりつひめのみこと》を祀る井上社を水源とする。雛はその神聖な水に流されるのである。

午後一時半、御手洗池に束帯、十二単姿の男女が登場すると、優雅な「雛流し」の儀式が行われる。御手洗川には朱塗りの輪橋《そりばし》が掛かっていて、雛流しのころには、橋のふもとの光琳の梅が濃い紅色の花を咲かせて彩りを添える。神事ののち、地元の園児が雛祭の歌を合唱し、男雛女雛さながらの、平安装束の二人が揃って雛を流すと、続いて参拝者も雛を流す。雛はてのひらの大きさの桟俵《さんだわら》に載った紙雛で、赤い衣に金色の帯を締めている。御手洗池は浅く、水流も緩やかなので、雛は名残を惜しむようにゆっくり流れてゆく。輪橋の下あたりまで来ると、汀《みぎわ》に乗り上げてしまう雛もある。

初めて雛流しを見たのは、十年くらい前だっただろうか。仕事の帰りに下鴨神社に立ち寄ったのであった。夕暮れ、流された雛が残っていないかと思い、泉川に沿って糺の森を行くと、石に乗り上げている雛があった。おっとりと夕空を見上げているような顔で、ああ、ここまで流れてきたのかと切なくなった。椿の花を載せている雛もあった。現在は森の保存が進められているので、泉川まで流れてくることはない。川に近づくこともできないけれど、当時は雨が降ってきて、雨の中を流れていく雛を見送ったこともあった。女の人がひとり夕暮れにやってきて、手作りの雛を流してゆくのを見たこともある。ことさらではなく、じつにさりげなく、水辺に腰を屈めると、しずかに雛を流していった姿が美しかった。

雛流す糺の森の木もれ日に　　伊藤由紀子

（『新編　地名俳句歳時記』）

嵯峨御松明《さがのおたいまつ》

清涼寺

涅槃会や松に雪降る清涼寺　青木 月斗

（『地名俳句歳時記』）

旧暦の二月十五日は釈迦入滅の日とされ、多くの寺院で「涅槃会《ねはんえ》」が営まれる。このとき掲げられる涅槃図には、沙羅双樹の下で入滅する釈迦と、それを取り巻いて嘆き悲しむ仏弟子や菩薩、天界の諸天、禽獣が描かれている。京都でも、日本最大の涅槃図を掲げる泉涌寺《せんにゆうじ》や、東福寺ほか方々の寺院で涅槃図が掛けられる。

百貫の絵図懸けあます涅槃かな　　奥村和廣
（「汀」平27・5）

開けきつて寝釈迦に風の入れ替はる　　若山真紗子
（同）

右京区嵯峨の清涼寺（嵯峨釈迦堂）では、涅槃図を掛けるだけでなく、大松明を燃やして火祭による大掛かりな法要を営む。これは、釈迦を荼毘《だび》に付す様子を再現したものとされている、「嵯峨の柱炬《はしらたいまつ》」「御松明」として歳時記に立項されている。地元では「御焚き上げ」とも呼ばれていいて、夜空に噴き上がる炎の迫力に圧倒される。

日は金色柱松明立ちにけり　　鍵和田秞子
（『風月』平12）

三月十五日の夜、清涼寺に着くと、開け放たれた本堂ではすでに法要が始まっていた。檀家の人々を中心に多くの参拝者が正座している。赤栴檀《しゃくせんだん》の霊木でつくられた本尊は、清涼寺の開基奝然《ちょうねん》が、中国から請来《しょうらい》した三国伝来の秘仏釈迦如来で、毎年この日に開帳され、間近く拝することが許される。この像は、体内から絹製の五臓六腑が発見された生身《しょうじん》の釈迦で、平安時代このかた、霊験《れいげん》は都の内外に聞こえていたという。
掛けてある涅槃図は江戸期のもので、釈迦はもとより蟷螂のような小動物までが鮮明に描かれている。一番小さいのは蝸牛で、今ようやく辿り着いたというように、絵からこぼれ落ちそうになっているのがいじらしい。蠟燭が灯され、近々と拝することができるので、畳に座ってじっと眺めていると、涅槃図の中に座っているような気がしてくる。

早稲よしと柱炬燃え尽きぬ　茨木和生

（『真鳥』平27）

境内の中央には柱炬（御松明）が三基立っている。松などの枯れ枝を藤蔓で結わえて朝顔形にしたもので、直径は約二メートル、高さは七、八メートルある。午後八時過ぎ、本堂での法要が終わると、僧侶や檀家の人々が高張り提灯、手提灯を持って境内を練り歩き、大松明を取り囲んだ。いよいよ点火である。三基の大松明に点火するのだが、その方法が面白い。まず長い竿の先に吊り下げた枯れ松葉の束に火をつけ、それを高々と吊り上げて、大松明の中央に落とすのである。本堂に立つと、まるで闇の中を巨大な火の玉が登っていくようで、何か恐ろしいものを見ているように思える。火種が落ちて松明が燃え出すと轟音が起こり、冷え切っていた風がにわかに熱くなった。本堂と松明の間はかなりの距離があるのに、焚火に当たっている

清凉寺の御松明

ような暖かさだ。三基の松明が燃え出すと、境内は異様な明るさに照らし出された。松明は火焔を噴き上げ、山門を超える高さの火柱となり、細かい火の粉がどこまでも立ち上り、やがて夜空を浮游するのだった。

瑞像の膚を赤く御松明

榊原　敏子
（「汀」平27・5）

仏教では火は水とともに、浄化の働きをするものとされ、火の粉を浴びると、無病息災になるといわれる。しかし、荼毘を再現した炎を見ることは、別の思いをもたらす。私は父や母を火葬した日のことを思い出し、やがては私も火によって肉体を失うのだと思った。

松明が燃える時間はせいぜい二十分足らずで

ある。しかし、燃えさかる松明の記憶はいつまでも消えない。境内には多くの露店が出て賑わうので、家族連れや若い人々が大勢やってくる。この行事は「すでに十八世紀の京都では、一つの春の風物となっていた」（『京都の歴史』6）とあるが、多くは地元の人々で、それも自転車や徒歩でのんびりとやってきて、無病息災の火の粉を浴びて帰ってゆく。消し炭を持ち帰る人もいる。

すっかり火が消えると、私の隣で眺めていた年配の男性が、ふいに「今年は豊作やなあ」と小さくつぶやいた。三基の松明はそれぞれ、早稲、中稲、晩稲をあらわし、その燃え方で一年の豊凶を占うのである。こんな言い伝えが、今も生きていることに心安らぐ思いがした。

御松明了へて嵯峨野に銀河濃し　　岸本登志夫

（『新編　月別　仏教俳句歳時記』）

はねず踊《おどり》

小野随心院

洛南山科の地に、小野随心院《ずいしんいん》という小野小町ゆかりの寺院がある。この寺院には梅林があり、三月の下旬になると薄紅梅のはねずの梅が開く。そのころ、境内に設けた特設舞台で、少女たちによって披露されるのが「はねず踊」である。現在は三月の第四日曜に奉納されている。はねず色は漢字で書くと唐棣色。白色を帯びた紅色をさす古語で、万葉集にも詠まれている。そのはねず色の段絞りの小袖を着た少女たちが、紅梅、白梅に飾られた風流傘のまわりを、わらべ唄に合わせてあでやかに踊るのである。

春めくやはねず踊りの稽古琴　　高橋　包子

（『名所で詠む京都歳時記』）

小野小町といえば、王朝和歌の名手。『古今和歌集』の六歌仙の一人としてよく知られている。しかも、絶世の美女であったといわれながら、後年は零落し諸国を放浪したなど、さまざまな伝承に彩られて謎めいている。そのなかで、この地に伝えられているのは深草少将の百夜《ももよ》通《がよ》いの伝説である。百夜通ったら望みを叶えようとの小町の言葉に、少将は雨の日も雪の日も通い続ける。小町は榧《かや》の実に糸を通して夜毎それを数えていた。ところが、九十九日目の夜、少将は降りしきる雪のなかで病死してしまうのである。この話は観阿弥・世阿弥によって「通小町《かよいこまち》」として、能の演目にもなった。「はねず踊」もまた、この百夜通を主題としている。

少将さまがござる　深草からでござる／毎夜よさりに　通うてござる
かやの実で　九つ十と／日かずかぞえて　ちょいとかいまみりゃ
今日もてくてく　よーおかよいじゃ

踊るのは地元の少女たちで、小学校四年から六年生まで。紅梅を挿した花笠をかぶった八人の少女たちが、四人ずつ、少将役と小町役に別れて踊る。私が見たのは風の強い日で、風流傘《ふりゅうがさ》がゆらゆらと吹き飛ばされそうだった。

ところで、この「はねず踊」は昭和四十八年に復活されたものだ。八十年余り前までは毎年、はねず梅の咲くころ、里の子どもたちが家々を訪ね、門内の庭で踊っていたという。ところが、いつのころからか、その伝承が途絶えてしまったのである。そこで、古老の記憶を辿り、歌詞の不備を補った上で、作曲家大橋博氏、舞踊家の森本博子氏の協力を得て復活したという。歌は四番まであって、一、三番が少将を、二、四番が小町のことを歌っている。面白いのは三番の歌詞で、九十九日目の雪の日は次のように歌われている。

少将さまがござる　深草からでござる／雪の夜みちを　とぼとぼござる
今日でどうやら　九十九夜／百夜までも　まあおはいりと
あけてびっくり　よーおかわりじゃ

九十九日目の雪の夜、深草の少将は遂に代理人を立ててしまった。驚いたのは小町である。一夜を残して招じ入れようとして、それが代理の男であると気づいたのである。少将は命を落とさなかったけれど、ともに誓いを破ってしまったことで、恋は永遠に成就しない。百夜通いの伝承に笑いを持ち込んだわらべ唄には、どんな意味が込められているのだろう。土地の伝承では、はねずの咲くころを、小町は里の子どもたちと楽しく過ごしたという。

春泥の百夜通ひの径暗し　　西村妙子

(『新京都吟行案内』)

小野随心院は真言宗善通寺派の大本山である。弘法大師の八代目の弟子である仁海《にんがい》僧上の開基で、一条天皇の正暦二年（九九一）に奏請してこの地に建立された。古くは牛皮山曼荼羅寺《ごひさんまんだらじ》と称した。これは次のような話にちなむ。ある夜、仁海僧上は亡き母が牛に生まれ変わった夢を見て、鳥羽あたりを探し求め、それとおぼしき一頭を飼養していた。ところが、程なく死んでしまったので悲しみ、その牛の皮に両界曼荼羅の尊像を描き、本尊としたのである。「はねず踊」の二番、四番の歌詞に、

小町さまでござる　まんだらさんにござる

とあるのは、この寺の古い名称によるのだろう。『都名所図絵』にも「小野随心院、勧修寺の東なり、曼荼羅寺と号す」とある。わらべ歌が、かなり古い時代に成立したことが察せられる。『都名所図絵』には、続いて「小野水、門内南の藪の中にあり、此の所は出羽郡領小野良実の宅地にして、女小町つねに此の水を愛して艶顔を粧いし」と書かれている。小町は出羽の郡領小野良実の娘であって、五節の舞姫として宮中の後宮に使えていたという。「此の水」とは清水のことで、小町の「化粧井戸」として今も境内に残っている。私が覗いたときは少し澱んだ水に、春落葉が揺れていた。

はねず唄小町の塚の春落葉　長柄　公子

（『新編　月別　仏教俳句歳時記』）

かつては井戸の西側に、深草から小野に通じる道として、深草少将百夜通いの道があったとのことだ。ほかにも、深草少将から寄せられた文をはじめ、さまざまな貴公子から寄せられた千束の文が埋められているという文塚など、小町に関わるものが残っている。一夜ごと糸に貫かれた榧の実は、小町によって撒かれたことから、昔このあたりには九十九本の榧の木があったとも伝えられている。現在は一本だけ巨木が残っている。あまたの恋の果てに、諸国を彷徨ったと伝承される小町は、実際はどのような生涯を辿ったのだろう。

里の少女たちによって歌い継がれてきた、成就しない恋のわらべ唄。美しい衣装に身を包み、今ではすっかり洗練されてしまった「はねず踊」を見ながら、ふと、その奥に怖いものが潜んでいるように思えた。

竹の秋道山科に入りにけり　久保田万太郎

（『流寓抄以後』昭38）

都《みやこ》をどり

祇園甲部歌舞練場

傘さして都をどりの篝守　後藤夜半

（『翠黛』昭15）

桜の季節になると、祇園や木屋町には「都をどり」と書いた雪洞《ぼんぼり》が立ち並び、京都は爛漫の春となる。四月一日から月末まで、祇園甲部歌舞練場で「都をどり」が開かれるのである。このころ祇園を歩くと、舞台への行き帰りの芸妓や舞妓を見掛けることが多い。みな背筋を伸ばしていそいそと歩いている。

祇園甲部歌舞練場の都をどり

都踊はヨーイヤサほほゑまし

京極　杞陽
（『くくたち』昭21）

「都をどり」は、京舞井上流の格式高い舞踊で知られている。井上流は能の流れを汲んでいる流派で、踊るというより、舞いの要素が強い。立ち座りの姿の優美な、品格のある流儀であるが、「都をどり」は舞台転換が変化に富んでいて、華やかに演出されている。面白いのは幕開きで、「みやこをどりはー」と一人が朗々と歌うと、「よーいやさー」と芸妓たちが賑やかに応えて、二本の花道から一斉に登場する。観客を、約一時間の舞台に引き込むための抜群の演出である。子どものころ、祖母に連れられてよく見たが、何より「よーいやさー」が楽しみでうきうきした。
この「都をどり」が始まったのは、明治五年の第一回京都博覧会のときだった。明治初年の東京遷都は、京都にとっては一大事件だったが、その打撃から立ち直るべく企画されたのが博覧会だった。踊りはその余興として、祇園新橋の「松の屋」が舞台となって行われたという。京舞三世井上八千代が、伊勢古市《ふるいち》の亀の子踊りから発案した集団舞踊で、斬新な振り付けで世評が高かったという。以来、その伝統を受け継いでいる。しかし、見るべきは踊りだけではない。唄や三味線、笛、鼓など地方《じかた》の美しさも一流である。芸が洗練されているのはもちろん、演奏する姿が絵になるうえに気迫が込もっていて、息を呑む美しさなのである。玄人の心意気を見る思いだ。

せり上る都踊の那智の瀧　大橋越央子
（『野梅』昭25）

ところで、京都には四つの花街があって、それぞれ舞踊公演をする。祇園の「都をどり」、宮川町の「京おどり」、先斗町《ぽんとちょう》の「鴨川をどり」、そして上七軒《かみしちけん》の「北野をどり」である。
私は、父方の縁者に宮川町の芸妓だった人がいることから、子どものころ、何度か置屋に遊びに行った。そこには鈴子ちゃんという美しい舞妓さんが居て、あるとき、お座敷に出る支度をしているのをつぶさに見る機会があった。三面鏡の前に座って花簪を挿す姿は、この世のものとは思えない美しさである。お母さんに「はよおしや」と急かされて、鈴子ちゃんが振り袖を両手に掲げて、男衆《おとこし》さんに抱きかかえられるようにして帯を結んでもらっている姿は、衝撃的ですらあった。それが三面鏡のなかにいくつも映し出されているのだ。やがて、緑色の帯をだらりに結んで、支度の終わった鈴子ちゃんは、玄関でこっぽりを履くと、燧石《ひうちいし》に清められてお座敷へと出て行った。私はそのとき燧石というものを初めて見た。あっという間の出来事だったが、それは子ども心にも、厳かで、どこかいなせで、しかし、決して立ち入ることのできない雰囲気を漂わせていた。

都 を ど り 霞 降 る 夜 の 篝 燃 え　　渡辺 水巴

（『水巴句集』昭31）

※都をどりは平成二十九年より京都芸術劇場春秋座で公演が行われる予定です。

安《やす》良《ら》居《い》祭《まつり》

今宮神社

やすらゐや鬼も籠れる若草野　几董

（『井華集』天明7）

四月の第二日曜日、桜が散り始めるころ、北区今宮神社で「安良居祭」が行われる。この祭りは、奈良時代にまでさかのぼる長い歴史を誇る疫病退散の鎮花祭で、歳時記に立項されている。傍題には「やすらひ祭」「夜須礼」との表記とともに「安良居花」とある。当時の人々は桜が散ると、花びらとともに疫神が飛散すると信じ、それを鎮めるために美しくも風変わりな祭りを生み出した。「鞍馬の火祭」、現在は休止している「太秦《うずまさ》の牛祭」とともに、京都の三大奇祭とされている。

花散るよやすらひの傘まだ来ぬに　大野　林火

（『飛花集』昭49）

安良居の花傘の下混み合へり　永方　裕子

（『洲浜』平13）

この祭りの主役は「風流傘」と呼ばれる大きな花傘で、直径約二メートル。緋色の傘の周囲に、同じ緋色の布が垂れ下がっている。傘の上には若松、桜、柳、山吹などが高々と挿されていて、風が吹くたびに緋色の布が揺らぎ、柳や山吹がそよぐ。華やかな傘に疫神を呼び寄せて、最後に神威で降伏させるという、いわゆる悪霊調伏《ちょうぶく》の祭りである。花傘に入ると、一年間無病息災で過ごせるというので、人々は競うように傘に入る。

正午過ぎ、今宮神社のすぐ近くにある光念寺から行列が出る。一行は先達、鉾、御幣持ち、総指揮者の督殿《こうどの》、子鬼、大鬼、そして花傘、囃子方などと続き、それが二組に別れて町内を練り歩く。「花傘」とともに、この祭の中心をなしているのは大鬼の踊りである。「しゃぐま」と呼ぶ赤と黒の長髪を付けた鬼が四人、「おもしろう踊れ、いさぎよう踊れ」と音頭取りに唱えられると、二人は太鼓を打ち、二人は鉦を叩きながら、大きく飛び跳ねる。囃子方は笛を吹き、「よーほい、よーほい」と調子をとる。飛び跳ねるだけの素朴な踊りなのだが、何度見ても飽きない。太鼓と鉦の音が晩春の空にのどかに響く。鬼は白小袖に白袴を短くはき、艶やかな緋色の大袖を着ていて、飛び跳ねるたびにその派手な衣装が花のように広がる。

安良居の鬼飛びあがり羯鼓打つ　　宮下　翠舟

（『秋嶺』昭44）

安良居の地靄こちらへこちらへと　　飯島　晴子

（『春の蔵』昭和55）

踊り終わると、音頭取りが、「あぁ、とみくさのはなや、やすらい花や」などと大きな声で唱えつつ、ゆったりと行く。寂蓮《じやくれん》法師の作った唱歌だと伝えられているが、大方は呪文のように聞こえる。飛び跳ねては地面を強く踏みしめる姿も、地の神を鎮める呪術のように思える。花傘がやって来ると、幼子を抱いた若い母親や子どもたち、そして老いた人々が楽しそうに傘に入るのである。

赤子抱き婆は安良居傘の中　　上野　和子

（「汀」平26・6）

今宮神社の安良居祭

花冷の辻もどり来る風流傘
市村　和湖
（同前）

こうして約三時間、町内を練り歩いた行列は、最後に今宮神社に到着して、境内を何度も巡り歩く。今宮神社には大神神社から出る行列も合流する。そして、それぞれ鬼踊りを奉納して終わる。

以前は境内で「鬼汁」と呼ぶ味噌汁が振舞われた。「鬼汁」には「鬼の身」と称する鰤の切り身に山椒の葉が載せられ、薄切り大根、大豆が入っていた。行列に参加した練り衆が、翌日宿で振る舞われた料理だという。往時は上賀茂や西賀茂、雲林院などからも行列が出たというから、かなり大掛かりで晴れやかな祭りだったのだろう。あまりにも行列が華美だというので、中世には禁止の勅令が出されたこともあるということだ。

祭りが終わって人々が帰ってゆくと、境内の桜が夕風に散った。

花の雨やすらひ傘の中に避く　能村登四郎

（『有為の山』昭53）

十《じゆう》三《さん》詣《もうで》

法輪寺

花人に推され十三詣かな　高浜虚子

（『虚子京遊句録』昭40）

嵐山の桜が散り始める四月十三日、数え年十三歳になった少年少女は、晴れ着に身を包んで虚空蔵《こくぞう》法輪寺へ出掛ける。「虚空蔵さん」に参拝して知恵と福徳を授かるためで、歳時記には「十三詣」の傍題に「知恵詣」「知恵貰ひ」とある。『新季寄』（享和二年〈一八〇二〉）に「三月十三日」として立項されている伝統ある行事で、現在は四月十三日を祈禱会中日として、三月から五月まで行われている。

十三を良き数として智恵詣　菅原くに子

（『新京都吟行案内』）

法輪寺は和銅六年（七一三）に行基が創建した。それをのちに、弘法大師の弟子である僧道昌が虚空蔵求聞法を百日間修行して虚空蔵菩薩を安置し、貞観十六年（八七四）に中興したと伝えられている。芭蕉の『嵯峨日記』にも「虚空蔵に詣ル人往かひ多し」と書かれていて、当時の賑わいぶりがわかる。芭蕉は元禄四年四月十八日に嵯峨の落柿舎に入り、翌日、臨川寺や小督屋敷などを訪れている。その虚空蔵の縁日が十三日であることから、十三歳はそれにちなむという。当日は、少年少女の通過儀礼にふさわしく、「虚空蔵さん」に知恵を授けてもらうために、「一字書き」をする。自分の好きな字を一つ、筆で書いて納めるのである。また、帰りに渡月橋を渡るとき、決して振り向いてはならないという言い伝えもある。振り向くと、せっかく授かった知恵を失ってしまうのである。

一字を書くことは未来への希求であり、「振り向くな」のタブーは少年少女期との決別を暗示しているように思える。本来十三歳は女子が成人する年齢で、男子は十五歳が元服である。十三詣の風習は、本来、女子のための行事だったのではなかったのだろうか。振り返らずに橋を渡るという風習に、大人になってゆく少女への象徴的な意味合いや、深い教えを感じる。私は何という字を書いたのだったか。数日前から書く字を考えて練習したことや、友達と書く字のことを話したことを覚えている。夢、望、愛、和、信など、選ぶ字に人柄が重なった。けれど、結局何と書いたのかは記憶の彼方である。橋を渡るとき、決して振り向いてはならないのだと教えてくれたのは、父だったか母だったか。迷信だと笑いながらも、振り返ってしまったらどうしよう、などと思った。

古いアルバムにこの日の写真がある。その中に、父と母を乗せて、ボートを漕いでいる写真がある。誰がボートに乗ろうと言い出したのか、渡月橋を渡って三人でボートに乗ったのだった。父にオールの持ち方を教わった記憶がある。三人でボートに乗ったのは、後にも先にもたった一度のことである。きらきらと明るい川面に、桜の花びらが揺れていた。

十三詣美しきめわらべ我になし　寺井谷子

（『母の家』平18）

しばらくは櫂遊ばせて花の淵　藤井明子

（『名所で詠む京都歳時記』）

壬《み》生《ぶ》狂《きょう》言《げん》

壬生寺

永き日を云はでくる、や壬生念仏　蕪村

（『蕪村遺稿』明和6）

晩春四月二十九日から五月五日まで、洛中の壬生寺では「壬生狂言」が行われる。これは、正式名を「壬生大念佛狂言」という宗教行事で、地元ではガンデンデンのお囃子で親しまれている。蕪村の句に「云はでくる、や」とあるように、パントマイムによる仮面無言劇で、鉦や笛太鼓の音だけが、のどかに狂言堂に響くのである。

壬生寺は、新撰組の隊士の墓や、近くに屯所跡があることで、近年は特に参拝者が増えているが、創建は平安時代にさかのぼる。正暦二年（九九一）、寺門派の高僧快賢が、定朝の彫った地蔵菩薩を本尊として開山した名刹である。ところが、鎌倉期に焼失してしまったのを、円覚上人が復興した。上人は地蔵信仰という庶民信仰を基盤に、融通念仏によって人々の救済をはかったという。記録によれば、正安二年（一三〇〇）、仏の功徳を求めて念仏に集まった人々に、上人が身振り手振りで教えを広めたのが狂言の始まりとされている。念仏狂言は他にも、千本閻魔堂（引接寺）の「閻魔堂大念仏狂言」や嵯峨釈迦堂（清涼寺）の「嵯峨大念仏狂言」があり、「壬生狂言」とともに京都の「三大念仏狂言」とされている。

物売りの翁の髷や壬生念仏　　高浜 虚子

（『虚子京遊句録』昭40）

『虚子京遊句録』には、「壬生念仏」をテーマとする句が十一句収められている。この句が詠まれたのは明治三十二年、虚子は二十六歳の若さである。現在の公演は四月下旬から五月上旬だが、虚子が訪れたころは四月二十一日から五月十日まで、二十日間にわたったという。現在も境内には屋台が軒を連ねて賑わうが、当時は長閑《のどか》なうえにも長閑だっただろう。「ガンデンデン」と鉦と太鼓が響く中、何を売る翁か、「髷」に古い時代の面影があって、壬生狂言の趣をよく伝えている。

壬生念仏大原の春を現じけり　　安住　敦

（『午前午後』昭47）

壬生狂言の演目は現在三十番。「紅葉狩」や「羅生門」のような鬼退治ものから、「大黒狩」や「花盗人」のような笑いを誘う世話もの、「夜討曾我」や「本能寺」のような勇壮な太刀ものまで、幅広いレパートリーがある。しかし、毎回最初に演じられるのは「炮烙《ほうらく》割り」で、観客はこれを楽しみに見にいく。舞台の縁に節分の日に奉納された「炮烙」が高々と積み上げてある。それを派手に落として割り、厄祓いをするのである。壬生狂言の舞台は二階にあるので、「炮烙」は大きな音をたてて粉々に割れる。いつの時代から行われているのか斬新な演出である。

子を食ひし口をぬぐへり壬生の面　　井上　弘美

（『あをぞら』平14）

壬生狂言奈落深さうにも使ふ　　金田志津枝

（『壬生の舞台』平20）

私は壬生狂言が好きで、これまでかなりの演目を見てきた。もっとも壬生寺らしいと思われるのは「餓鬼角力」である。賽の河原で鬼たちが亡者を相手に相撲をとる話で、白装束の貧相な亡者たちが哀れに可笑しい。そこに登場するのが地蔵菩薩で、地蔵が守り札を授けると、亡者たちは俄然強くなる。最後は閻魔大王と地蔵が相撲をとって、地蔵が勝つのである。地蔵菩薩を本尊とする寺らしく、舞台にも地蔵菩薩が祀られている。演じているのは全員男性で、亡者の中には少年たちもいる。公演中、少年たちは自転車でやって来るのだが、それがいかにも地元の舞台らしくていい。

以前、運良く舞台の下にある楽屋を見せてもらったことがある。玄関を入ると客間に続いて面の間があり、そこに約百六十の面がすべて掛けられていた。古いものには桃山期のものもあり、今でも使用されている。演者はここで面を受け取り、終わると返しにやってくる。隣が衣装の間で、多くの女性がかいがいしく立ち働いて、着付けが行われていた。

壬生狂言は、狂言堂の向かいにある壬生寺会館の二階から見るようになっている。近年は観客が増えて、建物の中まで客席が雛壇になっているが、以前は屋外の観客席に長椅子が並べてあるだけだった。狂言堂の大屋根に鳩や雀がやってきたり、夕方に豆腐屋のラッパが聞こえたりすると、実に長閑で、野外で舞台を見る楽しさがあった。演目は日によって違うが、最後に「鵺《ぬえ》」や「土蜘蛛」などの大掛かりな退治ものが演じられる。駘蕩《たいとう》たる春の夕暮れ、土蜘蛛の糸がするすると客席に伸びてくるのも一興である。

閻《えん》魔《ま》堂《どう》狂《きょう》言《げん》

引接寺

千本鞍馬口にある引接寺《いんじょうじ》は、「千本閻魔堂」の名前で親しまれている。ここはかつての葬送の地、蓮台野《れんだいの》への入り口で、死者はここで閻魔大王の裁きを受け、彼の世へと旅立った。本尊は丈六（座像二・四メートル）の閻魔法王である。大きく見開いた目といい、言葉を発するかの如く開いた口といい、迫力のある閻魔王で、両脇に司命《しめい》尊（検事）と司録尊（書記）を従えている。閻魔王の左の掌には長享二年（一四八八）と仏師定勢の名が墨書されているところから、室町時代の彫刻であることがわかる。次の句は「閻魔」を季語としているので秋の句ではあるが「閻魔王」の佇まいがよくわかる。

据ゑられし竈のごとき閻魔かな　　佐久間慧子

（『文字盤』平8）

この引接寺で、五月一日から四日まで「千本ゑんま堂大念仏狂言」が行われる。これは「壬生大念仏狂言」「嵯峨大念仏狂言」とともに歳時記にも立項されている。ただし、壬生狂言、嵯峨狂言が春の季語であるのに対し、閻魔堂狂言は夏の季語である。これは、かつては五月二十一日から二十日間にわたって演じられていたことによる。したがって、本来は夏の行事だが、現在は立夏直前の公演になっているため、本書では春に収めた。また、他の狂言が無言劇であるのに対し、「ゑんま堂狂言」には台詞《せりふ》がある。絶妙な間合いやアドリブ、滑稽なしぐさなどで笑いを誘う場面が多く、大人から子どもまで広く楽しむことができる。

私が観たのは最終日の夜の公演だった。公演期間中最初に演じられるのが「閻魔庁」で、最終日の最後に演じられるのが「千人切」。この演目は寺伝にちなみ、鬼や盗賊が守護役人、為朝に退治されて善心を取り戻すという内容で、放たれた矢が厄除けとして授与されるうえに、公演後、舞台で用いられた金剛杖を当ててもらうと無病息災でいられるという。その「千人切」が観たくて出掛けたのだった。野外に設けられた観客席はほぼ満席。八重桜が散り、ときどき笑い声が上がった。

普賢象咲くや念仏の花盛　翠室

（『図説　俳句大歳時記』昭48）

「ゐんま堂狂言」は古い伝統を誇る行事で、一五六一年〜六三年ごろの京の景観を画いたといわれる狩野永徳筆の「洛中洛外図屏風」にも描かれている。脈々と伝承されてきた演目は五十曲を超える。かつては、「狂言講中」と呼ばれる西陣の特定の家系の男性によって継承されていたが、昭和三十九年に後継者不足で中断。さらに、昭和四十九年に狂言舞台と衣装が焼失したことで復活は困難な状況となった。しかし、幸い狂言面が残ったので、翌年保存会が結成されて復興したのである。その復興に、私の高校時代の演劇部の先輩が携わっていた。現在伝えられている演目は二十種類余りで、京都市無形民俗文化財として、約三十名の保存会の人々によって活動が続けられているという。

私はこの夜、およそ四十年ぶりで高校時代の先輩に会い、頭に金剛杖を当ててもらったのである。

からくりの鉦うつ僧や閻魔堂　川端　茅舎

（『川端茅舎句集』昭9）

夏

京都の杜若《かきつばた》と沙羅《さら》の花《はな》

大田の沢と妙心寺

大田神社の杜若（右）と東林院の沙羅双樹（左）

大田神社の杜若、平安神宮の菖蒲、東林院の沙羅双樹、法金剛院《ほうこんごういん》の蓮の花、そして地蔵院や高桐院《こうとういん》の竹。京都には四季折々に訪ねたい名所が多い。これらはとりわけ夏の到来とともに、そこに咲く花や樹木が思われて、訪ねたくなる社寺である。洛北、大田神社は上賀茂神社の境外末社で、天然記念物「大田の沢の杜若」で知られている。〈神山や大田の沢のかきつばたふかきたのみは色に見ゆらむ〉と藤原俊成《ふじわらのしゅんぜい》の和歌にもあるように、五月になると沢が濃紫色の杜若で溢れる。ことに夕暮れどきは小さな沢全体が紫色の光を放って、この世のものとは思われない幻想的な趣になる。

昔男のいろに咲き出で杜若　山下　喜子

（『猪垣』平13）

神籬《ひもろぎ》の水賜るも杜若　湯口　昌彦

（「汀」平24・7）

妙心寺の塔頭《たっちゅう》、東林院の沙羅双樹は樹齢約三百年。高さは十五メートルにも及ぶ。この寺院は細川氏綱が父の菩提を弔うために建てたもので、もとは三友院という名前で別の場所にあったが、この地に移された。普段は非公開だが、六月中旬から末ごろの沙羅の花が咲く期間だけ公開される。私の心に残っているのは夜の特別公開で、沙羅の花が散り敷く庭に、小さな蠟燭の灯りをいくつも置いての観賞会だった。たった一日で散ってしまう沙羅の花が、揺らぐ炎に照らされて、闇の中に白く浮き上がっているのが見事だった。

光陰の一瞬見たり沙羅落花　今井　妙子

（『新京都吟行案内』）

平安神宮の菖蒲は六月。法金剛院の蓮の花は七月。ともに水に反射する夏の光でまばゆいばかりだ。洛西、地蔵院は訪れる人の少ない閑静な寺院で通称「竹の寺」。十メートルを越す孟宗竹の竹林があり、涼やかな風が吹き抜ける。洛北大徳寺の塔頭、高桐院も青々とした竹林に覆われている。初夏の高桐院は若楓も美しく、鳥の声とともに竹林を抜けて来る風音は、立夏の清々しさそのものである。

京にても京なつかしやほとゝぎす　芭　蕉

（『芭蕉書簡』元禄3）

賀《か》茂《も》の競《くらべ》馬《うま》

上賀茂神社

五月三日は下鴨神社の「流鏑馬《やぶさめ》」、五日は上賀茂神社の「競馬」。新緑の神苑を疾駆する馬の輝きは格別であるが、ともに「葵祭」の前儀として行われる。

四囲の山あをく とある競馬かな　鈴木　花蓑

（『鈴木花蓑句集』昭22）

上賀茂神社の競馬は、平安時代、堀河天皇の寛治七年（一〇九三）に、「天下泰平五穀豊穣」を祈願して始められた。藤原定家に〈埒の中競ぶる駒の勝ち負けは垂れる男の子の策のうちから〉という和歌があるが、その当時の姿をほぼ踏襲して現在も行われている。五月一日には

「競馬」に先立ち、「足汰式《あしぞろえしき》」が行われ、沢田川で策《むち》を洗い浄めるとともに、「ならの小川」で馬の脚を洗う。競馬には十頭の馬が走るのだが、その馬たちが、緑陰の清流で脚を浄めるのである。五日の予行ということもあって、馬たちは鞍や鐙《あぶみ》を付けている。その姿が川に映って、一段と晴れやかに見える。神事の後、馬を走らせるなど、本番に備えて入念な準備が行われる。五日、正午過ぎに上賀茂神社に行くと、一の鳥居周辺の木陰に、鞍を載せた十頭の馬が繋がれていた。どの馬にも白丁《はくちょう》が付いて、かいがいしく世話をしている。馬は面懸《おもがい》に結ばれた菖蒲を顔の横に青々と垂らし、白丁も腰に菖蒲と蓬を結んでいる。五日は「菖蒲の節句」でもあるので、武を重んじて「菖蒲」に「勝負」を掛けた厄除けである。午前中には「菖蒲の根合わせ」神事も行われ、この日競馬に奉仕する人はすべて菖蒲と蓬を身に付ける。それがいかにも初夏らしい爽やかな彩りと香りで、競馬を典雅なものにしている。

若武者の錦を着たり競べ馬　森田峠

（『京都吟行案内』平1）

午後三時、参道に設けられた馬場には、柴垣の埒《らち》を挟んで多くの観光客が集まっていた。競馬は左方《さかた》、右方《うかた》の二チームに分かれ、それぞれ一頭ずつ出して、二頭一組で競走する。かつては十番勝負だったが、現在は五番勝負である。左方の騎手は緋の闕腋袍《けってきのほう》・緋の裲襠《りょうとう》、左方の騎手は黒の闕腋袍・黒の裲襠というきらびやかな装束を着け、太刀を佩《は》いている。これは武徳殿において、左右近衛府官人が着用した舞楽の衣装で、かつては競馬が終わった後、勝ったチームが神前で舞楽を奉納することになっていた習わしによる。掲出句の「錦」は、この美麗な衣装を詠んだものである。騎手は乗尻《のりじり》と呼ばれ、現在も旧社家の人々が中心になって務める。これらの人は葵祭でも、御所から行列を先導する役を果たすのである。

競べ馬一騎遊びてはじまらず　高浜　虚子

（『五百句』昭12）

競馬は、神事であるから、ただ勝敗を決するわけではない。赤組の勝利がその年の豊作をもたらすとされていたので、赤組が勝ちやすいように工夫されている。面白いのは、一回目の勝負は、赤が走り終わってから黒が走ることである。しかも、最初に走る赤組の馬だけは、紅白の手綱を付けているなど麗々しく飾られている。埒の外には「馬出しの桜」「見返りの桐」「勝負の楓」などが植えられているのだが、乗尻はそれを目印に馬場の中央を堂々と駆け抜け、喝采を浴びる。「見返りの桐」では策を水平にかざして振り向くことになっていて、その姿はことに美しい。このように一番走者だけが神事としての勇壮な姿を披露するのである。その後を黒が走るのだが、観客は負けが決まった馬にも盛んに拍手を送る。四〇〇メートルという距離

上賀茂神社の競馬

だが、疾駆する馬は間近で見ると躍動感がある。なかなか馬が走らなくて退屈していた子どもたちからも、目の前を馬が駆け抜けると歓声が上がった。

ところで、通常、駆け競べは同一地点から出発するが、「競馬」はそうではない。あらかじめ前後に距離を置いて同時に出発し、「勝負の楓」を通過するとき、二頭の距離が縮まったかどうかで勝負を決める。勝敗がわかりにくいので、乗尻は走ったあと、念人《ねんじん》（勝負を伝える人）の所に出向き、勝敗を伺うのである。第一回目の勝負のとき、黒が負けに決まっているのに、黒の乗尻が「ただ今の勝負いかがでござる」と恭しく聞き、念人が「お負けでござる」と応えて観客はどっとわいた。このおおらかさは神事ならではのものだ。こうして五番勝負が行われ、めでたく赤が勝利を収めて豊年が予祝されるのである。

負馬の眼のまじ〳〵と人を視る　　飯田　蛇笏

（『山廬集』昭7）

かつての競馬には、能登や周防、伊予など二十箇所の荘園から毎年一頭ずつ野生馬が献進されていたという。天正二年（一五七四）五月には、織田信長も愛馬を奉納している。『京都の神社と祭り』によれば、葵祭は中世末から近世の半ばまで、およそ二世紀中断されたが、競馬はほぼ途絶することなく続いてきたという。それは、上賀茂神社が「馬にまつわる武神として地方戦国大名らに崇敬され、支えられていた」ためとのことである。

観客席には竹矢来で囲まれた一郭があり、頓宮《とんぐう》（仮宮）が築かれている。賀茂の別雷大神《わけいかづちのおおかみ》の御分霊が祀られているのである。その頓宮の屋根にも菖蒲が葺かれていた。人々が去った後の馬場には、紫色の大きな花がたくさん落ちていて、芳香を放っていた。その、青芝の上に点々と落ちている花は、ひときわ高く抜きんでている「見返りの桐」が降らせた花だった。

青楓走りきつたる馬愛し　　真隅　素子

（「汀」平24・7）

虫《むし》払《はらい》

神護寺

五月一日から五日まで、洛北・高雄の神護寺で虫払が行われる。周山《しゅうざん》街道沿いのこのあたりは、三尾《さんび》と呼ばれる紅葉の名所で、高雄（尾）には神護寺、栂尾《とがのお》には高山寺、そして槙尾《まきのお》には西明寺がある。高山寺といえば「鳥獣人物戯画」がよく知られているが、神護寺は本尊の薬師如来が国宝。その他「伝源頼朝像」などの国宝、重要文化財が多数収蔵されている。五月五日立夏の日、そんな古刹の「虫払」を拝観に出掛けた。

神護寺の大師の文を曝しけり　　吉岡　保子

（『新編　地名俳句歳時記』）

神護寺は真言宗の別格本山。平安時代に、和気清麻呂《わけのきよまろ》が建てた愛宕五坊の一つで、高雄山寺と呼ばれた。和気一族は叡山から最澄、空海を招いたので、平安仏教発祥の地として栄えた。ことに、空海は唐より帰朝して、大同四年（八〇九）に入山し、十四年間住持したため、この寺が真言の道場となり活況を呈したのである。しかし、二度の火災で堂塔のほとんどを焼失。その荒廃を嘆いた文覚上人が、後白河法皇の勅許、源頼朝の保護を得て復興したのである。

経巻の金描浄土ほとゝぎす　水原秋桜子

（『蓬壺』昭34）

久しぶりで訪れる神護寺は、滴るような新緑の中にあった。虫払が行われているのは書院で、閉めきった障子が薄緑色に思えるほどだった。六十三点の寺宝が三室に展示されていたが、訪れる人が少なく、ゆっくり拝観することができた。掲出句の秋桜子が見たのは「紺紙金字一切経」だろうか、後白河法皇が二千二百巻余りを納めている。

もっとも印象に残ったのは「伝源頼朝像」で、「伝平重盛像」と並べて掛けられていた。これに「伝藤原光能像」を加えて神護寺三像と呼ばれている国宝である。教科書などにも出てくる衣冠束帯姿の座像で知られているが、実物を見るとほぼ等身大で、縦約一四三センチ、横約一一二センチとかなり大きい。頼朝像は向かって右斜め、重盛像は向かって左斜め向きに描かれているので、向き合っているように見える。ともに藤原隆信筆と伝えられているが、定かではない。また、描かれている人物についても疑義が提出されている。しかも、林屋辰三郎によると、この三画像は、もと神護寺にあった仙洞院に、今は失われた後白河院、平業房《たいらのなりふさ》画像と一組になって祀られていたものであるという。つまり、後白河法皇を中心に、向かって左右にまず源頼朝・平重盛、つぎに平業房・藤原光能が列座風に並べられていたというのである。源頼朝と平重盛が向き合っているのではなく、後白河法皇が二人を従える形で描かれていたのである。

　実物を見ると、頼朝像にはあたりを払う威厳と気品があって、見る者を惹きつける。重盛像に比べて保存状態が良いこともあって、像が鮮明なのである。僧侶の解説によると、頼朝は神護寺再興の保護者であったことから、重盛像より丁寧な裏張りが施されているとのことだった。私は二人の像の前に正座して障子越しのやわらかい光のなかで、長い時間見上げていた。

　帰りは清滝まで、約一時間のハイキングコースを歩いた。

　清滝川に沿って歩くと、山藤が風に散り、ときどき河鹿の声が聞こえてくるのだった。清滝といえば、元禄七年（一六九五）、臨終三日前の芭蕉が〈清滝や波に塵なき夏の月〉という句を推敲して、〈清滝や波に散《ち》り込《こ》む青松葉〉の一句を得たことが思い出される。芭蕉は元禄七年の五月下旬から六月中旬まで落柿舎に身を寄せていた。

渓若葉二橋を架して二亭あり　　富安　風生

（『朴若葉』昭25）

清滝の風景を詠んだ句である。風生もまた、河鹿の声を聞いただろうか。

川床《ゆか》

鴨川

すずしさや都を竪にながれ川　蕪村

（『蕪村句集』天明4）

五月に入ると、鴨川の西側は二条大橋付近から五条あたりまで納涼「川床」で賑わう。二条から五条あたりまでは、鴨川に沿ってごく浅い「みそぎ川」が流れていて、その上に料理屋、割烹店、レストランなど六十余軒が床を張りだすのである。かつては六月一日が「川床開き」だったが、平成十一年から一か月早く五月に「皐月の床」として開かれるようになった。川床が組まれるころに河原を歩くと、床下をすり抜けるように燕が飛び交うのに出会える。

昏れ待てぬ灯の色流れ川床料理　尾池　葉子

（『ふくろふに』平26）

南座におくれて川床に灯の入りぬ　榎本　好宏

（『三遠』平13）

夕闇迫るころ、四条大橋から鴨川を眺めると、川床に灯された提灯や雪洞《ぼんぼり》などの明かりが涼やかだ。

「川床」の起源は江戸時代にさかのぼり、当時は旧暦六月七日から十八日までと決まっていた。『日次紀事《ひなみきじ》』（貞享二年〈一六八五〉）には六月七日の祇園会の項に「凡ソ今夜ヨリ十八日夜ニ至ルマデ、四条河原水陸寸地ヲ漏サズ床ヲ並べ席ヲ設ケ良賤般楽ス」とある。鴨川の両岸だけではなく、中州にも水茶屋が床几《しょうぎ》を並べていたようで、提灯や雪洞の明かりで昼のように明るいと記されている。『諸国図会年中行事大成』文化三年（一八〇六）には、さらに詳しい記述があって、浄瑠璃や曲馬軽業《きょくばかるわざ》、猿の狂言などさまざまな見せ物小屋が立ったことがわかる。ちょうど祇園祭のころで、旧暦六月七日が神輿迎、十三日が宵宮、十四日が御霊会にあたることから、蒸し暑い京の夜に涼を求める人々で大いに賑わったことが窺える。

ゆふがほに足さはりけりすゞみ床　蝶　夢
（『新類題発句集』寛政5）

川床涼みだらりの帯を近く見て　辻田　克巳
（『幡』平2）

橋の上から眺めていると、川床に座った舞妓の姿が宵闇に影絵となって浮かび上がったりする。談笑する人々、運び込まれる夏料理。祇園祭のころなら鱧《はも》料理も欠かせない。とっぷりと暮れてゆく東山と川風を楽しみつつ、京都の夜は更けてゆくのである。

葵祭

下鴨神社・上賀茂神社

五月十五日は葵祭。上賀茂・下鴨神社の祭礼の日である。京都の夏は新緑の葵祭に始まり、万緑の祇園祭で終わる。午前十時半、御所の建礼門を出発した行列は、総勢約五百名、長さ一キロに及ぶ王朝風俗の行列で、沿道の人々を楽しませる。紫の藤に飾られた牛車や、腰輿《およよ》に乗った十二単《ひとえ》姿の斎王代《さいおうだい》が大路を行くさまは絢爛そのもの。行列は下鴨神社で社頭の儀を行った後、上賀茂神社に到着する。

草の雨祭の車過てのち　蕪村

（『蕪村句集』天明4）

著倒れの京の祭を見に来り　高浜　虚子

（『六百句』昭22）

王朝時代、「祭」といえば「葵祭」を指すほど、「葵祭」は隆盛を極めた。「葵祭」は「社頭の儀」と「路頭の儀」から成るのだが、何といっても華やかなのは「路頭の儀」の行列である。『源氏物語』葵の巻の「車争い」の場面や『枕草子』などの記述から、当時の人々にとっても「葵祭」の行列は見逃すことのできないものだったことがわかる。

しかし、「葵祭」の起源を辿ると、平安京遷都以前は「加茂祭」と呼ばれる勇壮な祭であったようだ。平安末期に書かれた歌学書、『袖中抄《しゆうちゆうしよう》』や、平安時代の宮中行事の沿革や起源を記した『本朝月令《ほんちようげつれい》』によると、「葵祭」の起源は欽明天皇の五年（五四四）にさかのぼる。このころ、数年にわたって天候不順が続き、飢饉と疫病が蔓延し、人々の不安が高まったのである。そこで、賀茂の神に祈りを捧げ、五穀豊穣と平穏無事を祈願したところ、天下は泰平になったという。その神事とは、猪の頭をかぶった人が、鈴をかけた馬を走らせる、というもので、「葵祭」の起源が荒々しい「騎射神事」であったことがわかる。「葵祭」は五月三日の、下鴨神社における流鏑馬《やぶさめ》神事に始まるが、五日には上賀茂神社でも賀茂競馬《くらべうま》が行われる。これら馬を疾駆させる神事に、かつての「騎射神事」の名残があるように思える。

遷都の後は、賀茂社は京都を鎮護する神となり、嵯峨天皇の時代に入って天皇の皇女が斎王として賀茂の神に奉仕する制度が設けられた。あわせて、賀茂社に勅使が派遣されるようになり、「祭」は人も馬も牛も「葵」を身に付けての優雅なものとなったのである。しかし、中世に入って祭は中断、復活したのは元禄七年(一六九四)で、ここに至ってようやく、「加茂祭」は「葵祭」と呼ばれることになった。

地に落し葵踏み行く祭哉　正岡　子規

(『子規全集』昭5)

白丁《よぼろ》らの顔の小さき賀茂祭　後藤　夜半

(『翠黛』昭15)

「葵祭」の行列を見るなら、糺《ただす》の森や加茂街道などの新緑の中がいい。木洩れ日の優しい光が、彩りあでやかな王朝装束をまとった人々を引き立てるからである。下鴨神社はあまりにも人が多いので、私はいつも加茂街道で見ている。このあたりは鴨川沿いの新緑のトンネルで、初夏の風が吹き抜けて心地よい。以前、高等学校に勤務していたころ、午後の二時間続きの古典の選択授業を使って、生徒たちと「葵祭」を見に行ったことがあった。京都の高校生は「葵祭」は知っているけれど、平日の祭りなので実際に見る機会が少ない。選択の授業は人数も少ないので、みんなで遠足気分で加茂街道までやってきたのだった。よく晴れた日だったことを、生徒たちの笑顔とともに思い出す。
　下鴨神社を出た行列が加茂街道あたりにやってくるのは午後三時ごろである。待ち構えていると、和服姿の女性が現れて、沿道に立った。白い帯に葵の枝を挿している。かつては沿道の人も葵を挿頭《かざ》したことを思い出させる、優雅な姿だった。

こどもらは髪に草さし賀茂祭　　長谷川　櫂

（『果実』平8）

「葵祭」の先頭は六騎の馬。騎手は「乗尻《のりじり》」と呼ばれる競馬の乗り手で、颯爽と行列を先導する。続いて、検非違使《けびいし》、山城使《やましろのつかい》と従者。行列の最高位は近衛使代《このえつかいだい》で、乗っている馬は銀色の面を付けた飾り馬である。それが欅のトンネルの中を蹄鉄《ていてつ》の音を響かせて歩く。藤房を垂らした牛車は背丈を越える車輪を軋ませ、双葉葵を身に付けた斎王代は伏し目がちに腰輿に揺られて行く。

斎王代しんとさびしき日の盛り　　瀬山　静

（「汀」平25・7）

牛の眼のかくる、ばかり懸葵　栗津松彩子

（『松彩子句集』昭54）

「路頭の儀」は華やかな風流絵巻だが、音楽が無いので、単なる行列で退屈だという人がいる。「葵祭」を見る人のほとんどが、この「路頭の儀」が「葵祭」だと思っているのだが、本来は「宮中の儀」「社頭の儀」とともに三部構成になっているのである。十五日の早朝、参加者全員が揃って「宮中の儀」に臨み、勅使が「御祭文」と「御幣物《ごへいもつ》」を授かる。下鴨・上賀茂両社での「社頭の儀」ではその「御幣物」を献じ、「御祭文」を奏上した後、「東遊《あずまあそび》」を奏し、走馬の儀が行われる。一日掛かりの壮大な祭りなのである。

午後三時半、行列は上賀茂神社に到着。それから上賀茂神社での「社頭の儀」が始まる。「社頭の儀」は社前で行われるため、遠くからしか見ることができないが、緋色の「御祭文」が奏上され、舞楽「東遊」が奉納されるのがわかる。その後、先導を務めた六頭の馬が、参道を一頭ずつ駆け抜ける「走馬の儀」で祭りは締め括られる。乗尻はきらびやかな舞楽の衣装を着て、馬を疾駆させるのである。緩急、静動を組み合わせて、どこまでも王朝の美意識が生かされた「祭り」である。走り去る馬に喝采を送りつつ、夕風の吹き出す上賀茂神社をあとにした。

くれなゐの奉白文や加茂祭　中田余瓶

（『百兎集』昭26）

大学も葵祭のきのふけふ　田中裕明

（『山信』昭54）

三《み》船《ふね》祭《まつり》

車折神社

五月の第三日曜日、新緑の嵐山で王朝さながらの船遊びが繰り広げられる。これは洛西にある車折《くるまざき》神社の祭礼で、「三船祭」と呼ばれ、歳時記に立項されている。傍題に「舟遊祭」「管弦祭」「西祭」「扇流し」とあるように、船中で管弦の遊びを尽くすとともに、大堰《おおい》川に次々と絵扇が流されるのが特色で、華麗にして典雅な祭りである。

紋どころ涼しき日《ひ》覆《おい》三船祭　福田章史
（『地名俳句歳時記』）

遠目にも舸《か》子《こ》の水干西祭　後藤比奈夫
（『初心』昭48）

車折神社は芸能の神として信仰が厚く、境内の朱塗りの玉垣には著名な芸能人が名を連ねている。昔から桜が多いことから「桜の宮」と呼ばれていて、小さな神社ながらその名にふさわしい華やかさがある。祭神は平安末期の儒学者清原頼業《きよはらのよりなり》。頼業は高倉天皇の侍読《じどく》を務めた人で、ここは頼業の廟であったが、後嵯峨天皇が嵐山を行幸されたとき、社前で車の轅《ながえ》が突然折れてしまったことから、神威を恐れ、正一位車折神社の称が与えられたと伝えられている。また、亀山天皇の行幸の際に、社前の石の前で車を引く牛が動かなくなったことからこの名が付いたとの説もあり、今も「車前石《くるまざきいし》」が残っている。

現在の「三船祭」は昭和になってから王朝の船遊びが再現された。しかし歴史は古く、昌泰元年（八九八）九月、宇多上皇が行幸されたとき、大堰川で船遊びが行われたことにちなみ、昭和三年の昭和天皇即位大礼の記念行事として催されたのである。「三船祭」の名前は白河天皇が漢詩、和歌、管弦に秀でた者を三隻の船に乗せた故事によるもので、かつては三十隻余りの船が出た。

当日は正午ごろ、社殿で神事が行われたあと神幸列が出発し、渡月橋を渡って中の島へ行き、二時から船遊びが始まる。神霊を移した御座船を先頭に、龍頭船、鷁首《げきす》船《せん》など二十数隻の船が大堰川に浮かぶのである。龍頭船には管弦の人々とともに舞い人が乗船し、舞楽「迦陵《かりょう》頻《びん》」「胡蝶の舞」を奉納する。ある年、「胡蝶の舞」の衣装を身に付けた少女たちの乗船に行き

車折神社三船祭の今様船

会ったことがあった。しなやかに船に乗る身のこなしが美しく、背中に付けた極彩色の羽根が川面に映っていたのを思い出す。鷁首船には献茶の人々が乗船し、その他、詩歌船、書画船、稚児船、謡曲船、小唄船、今様船などが出て賑わう。

川岸に座って眺めていると、三味線の音とともに小唄船が近づいてくるかと思うと、謡曲船が遠く去ってゆき、続いて今様船の白拍子が、扇をかざすのが見えてきたりする。王朝の装束に身をつつみ、諸芸を奉納する人々はもちろん、それをボートや屋形船から間近く見る人々も、川べりに座って緑滴る山々を背景に行き交う船を眺める人々も、それぞれ楽しみは尽きないのである。

御座船は音なし藤の花揺れて　高桑義生

（『地名俳句歳時記』）

流扇のむらさき欲しや淵の渦　桂樟蹊子

（『旅人蕉』昭54）

やがて、流扇船から扇が流されると、船遊びは最高潮に達する。芸能上達を祈願して奉納された扇が、舷《ふなばた》から一つずつ波に乗せられるのである。絵扇は初夏の光を撥ね返しつつ、彩り鮮やかに流れてゆく。それは絢爛にして、一抹の哀れを漂わす。母と「三船祭」を見たのはいつのことだったか。波に漂う扇を、二人して言葉もなく長い時間眺めていた。岸に流れてくる扇を、多くの人が掬い上げているのだった。

流扇の名残とどめよ大堰川　阿波野青畝

（『不勝簪』昭55）

卯の花を折りて戻りや川祭　松瀬青々

（『松瀬青々全句集　下』平18）

田《た》植《うえ》祭《さい》

伏見稲荷大社

六月十日、伏見稲荷大社では優美な「田植祭」が行われる。早乙女たちが早苗を植えている間雅楽が奏でられ、神楽女《かぐらめ》が御田舞《おたまい》と呼ばれる舞楽を舞うのである。

神社では毎年四月に水口播種祭《みなくちばんしゆさい》を行い、籾種《もみたね》から早苗を育てる。その早苗を神田《しんでん》に植え、一年の豊穣を祈願するのが田植祭である。午後一時から本殿で神事が行われた後、神田で田植祭が行われる。

神田は本殿から少し山を登ったところにある。田の広さは約百坪で、真ん中に広い畦があり、畦の左右に田がある。田の正面には石垣が組まれ、舞台のように祭壇が築かれている。その祭壇を正面に、田を挟んで幾重にも人垣ができていた。午後二時過ぎ、神職と田人、早乙女、雅楽奏者、そして神楽女が到着。田を祓い清めた後、いよいよ田植えが始まった。田人は十人で白装束に紺色のもんぺ、手っ甲脚絆姿。早乙女も十人で水色の装束に茜襷《あかねたすき》、茜色のもんぺ、手っ甲脚絆を付けている。全員菅笠をかぶって草履を履いているのだが、早乙女が白足袋のまま、ゆっくり田に足を入れるのが新鮮だった。二十人は一斉に後ずさりしながら早苗を植えてゆく。鳥や蛙が鳴き、菅笠にも早苗を挿す手にも光が射していた。

早苗挿す舞いの仕草の左手右手　山口　誓子

（『京都吟行案内』）

やがて、四人の神楽女が祭壇の中央に進み、雅楽に合わせて御田舞を舞い始めた。薄い若草色の汗衫《かざみ》姿で、裾を長く曳いている。二人は長い髪を束ね、きらびやかな簪《かんざし》を挿している。あとの二人は三つ編みにした髪を耳元で輪にした髻《みずら》姿である。〈山城や稲荷の神の御田祭り、いざもろともに行きて舞はばや…〉とゆるやかに雅楽奏者が謡い、神楽女が檜扇を翳《かざ》して舞う。扇から長く垂れている色とりどりの飾り糸が遠目にも美しい。

田植祭は労働としての田植えではなく、神事として行われるので、どこまでも優美である。その美しさに、大地から穀物を収穫することの喜びが表れている。田人、早乙女の装束の美しさは、神の田に早苗を植えるためのものである。薄衣に身を包んだ神楽女のたおやかな舞いには、天地の運行が安らかであるようにという祈りが込められているように思える。

御田植済みし和琴を抱へ去る　吉岡　翠生

（『役者絵』平8）

神事が終わると水田に早苗がそよぎ、ときどき水面から靄が立って陽炎のように揺れた。十月には抜穂祭《ぬきほさい》が行われ、三俵分の米が収穫される。その収穫米は御料米として、日々神前に供されるのである。

鵜《う》飼《かい》

宇治

7月初旬から九月の末ごろまで、宇治では鵜飼が行われる。京都は嵐山でも鵜飼を見ることはできるが、宇治の鵜飼は平安時代からの伝統を誇っていて、『蜻蛉日記』にも登場する。宇治橋を渡ると平等院あたりの闇が深く、「するすみ」「いけづき」と書かれた鵜舟に、『平家物語』の先陣争いを偲ぶこともできる。何より塔の島の鵜小屋を見ることができるのが面白く、十五羽の海鵜を間近く観察できることはもちろん、小屋の横に鵜籠が積んであるなど、鵜飼の舞台裏を覗くことができる。

雨脚の貫いてゐる鵜籠かな　西村和子

(『心音』平18)

鵜飼は午後七時に出る屋形船で楽しむことができるが、岸辺からでもよく見える。宇治川は急流なので、鵜飼は中州の西側のゆるやかな流れで行われる。川幅が狭いからである。また、川岸にいると、乗船場に並んでいては見られない情景も見ることができる。
あるとき、鵜小屋を覗いていると、自転車に乗った男性が現れ、烏帽子と腰蓑を素早く身に付けて鵜匠姿になった。鵜匠は鵜小屋に入ってその日使う十二羽の鵜を見定めると、首を摑んでは鵜籠に入れた。鵜籠は真ん中に仕切りがあって、二羽ずつ入れることができる。温和しく入るもの、声を上げてばたばたと抵抗するものなど、鵜にもいろいろ気性がある。それをなだめるように手早く入れて岸へと運ぶ。籠を船に積み、篝火に火が入ると鵜飼の始まりである。籠から出された鵜は鵜綱を付けられ、川に放たれる。

射干《ぬば》玉《たま》の闇より出でて鵜を使ふ　金久美智子

（『続氷室歳時記』平19）

漆黒の川に篝火が大きく揺れ、鵜に火の粉が降りかかる。鵜は神経質で気分に左右されやすいのだそうだが、よく潜って働く鵜と、ただ浮かんでいるだけの鵜がいるのが面白い。鵜が鮎を捕ると素早く引き上げ、吐き出させる。すると屋形船から喝采が送られる。こうして約一時間の鵜飼が終わると、鵜たちは船上で餌をもらう。鵜飼に使う鵜は海鵜《うみう》なので、海の魚が与えられることもあるそうだが、首を摑んで大きく口を開けさせ、何匹かの魚を放り込まれるのである。

仕舞鵜は仰山に魚喰はされぬ　　関戸靖子

（『湖北』昭54）

現在、女性の鵜匠は全国に六人。そのうち二人が宇治で活躍されている。残念ながら私はまだ見ていないが、女性の後継者を得て鵜飼も華やいでいるようだ。今は鵜小屋も鉄製の立派なものになったが、以前は木の小屋に裸電球が一つぶら下がっているだけだった。鵜飼が終わって、小屋に戻されると、鵜たちは瑠璃色の目を見開き、濡れ切った羽根を大きく広げて乾かす。鵜匠が灯りを消して去ってゆくと、小屋には月光が射し込み、水槽に引いた川の水だけが音をたてているのだった。

疲れ鵜の鵜匠の蓑を噛みてをり　　尾池和夫

（『大地』平16）

竹《たけ》伐《き》り会《え》式《しき》

鞍馬寺

薫風に大岩冷ゆる鞍馬かな　大峯あきら

（『鳥道』昭56）

洛北の山中にある鞍馬山は、牛若丸や鞍馬天狗で知られる神秘の山である。鞍馬寺は宝亀元年（七七〇）、鑑真の高弟鑑禎《がんじょう》によって開かれた。以来、京の北方守護の寺として、現在もなお本尊である国宝毘沙門天への信仰が続いている。

山滴るや日本は竹の国　山田佳乃

（「円虹」平28・8）

この鞍馬寺で、六月二十日に「竹伐り会式」が行われる。五穀豊穣と水への感謝を捧げる祭儀である。「鞍馬の竹伐」「竹伐」「鞍馬の蓮華会《れんげえ》」として歳時記にも立項されている。

この行事は、長さ約四メートル、太さ十センチ余りの大蛇に見立てた青竹を、八名の鞍馬法師が、近江座と丹波座に別れて山刀で伐り、そのスピードを競うという勇壮な行事である。

起源は平安時代初期にさかのぼる。鞍馬寺中興の祖、峯延《ぶえん》上人が修行中に雌雄二匹の大蛇が現れた。雄蛇は上人を呑み込もうとしたので、法力によって退治した。ところが、雌蛇は上人に従い、閼伽水《あかみず》を永久に守護することを誓ったので閼伽井護法善神《あかいごほうぜんじん》として祀ったという。

侘しらに貝吹く僧よ閑古鳥　其角

（『地名俳句歳時記』）

其角《きかく》が鞍馬の竹伐りを見たのは、貞享元年《じょうきょう》（一六八四）六月一九日のことであった。当時二十四歳の其角は、京阪に旅し、京都で連句集『蠧集《しみ》』を出版、大阪では西鶴の大矢数《おおやかず》興行の後見をしたことが記録によってわかる。竹伐り会の勇壮さよりも、法螺貝《ほらがい》の音に郭公の鳴き声を配して、山深く修行する僧の寂しさを詠んでいることに心惹かれる。

午後二時、降り続いた雨がようやく小雨になり、鞍馬山にはうっすらと夏霧が流れていた。杉木立に囲まれて、鞍馬寺は山岳修行の寺らしくいかめしい雰囲気を漂わせている。

鞍馬寺の竹伐り会式

本堂には、蛇に見立てた八本の青竹が準備されている。四本は根を伐った竹で雄蛇。残り四本は根を残した竹で雌蛇、どれも選り抜きの艶やかな竹である。伐るのは雄だけで、雌に見立てた竹は会式終了後、もとの土に埋める。高々と法螺貝が鳴り響くと、僧兵姿の鞍馬法師八名の登場。装束は先祖伝来、腰に南天の葉を挿しているのは難を転じる魔除けで、大蛇の毒を消す意味を持っているという。本堂に向かって右が近江座、左が丹波座である。これから、二人一組で竹を伐る。一人が竹を支え、もう一人が竹を伐るのである。最初に「竹ならし」によって竹の長さを揃え、「勝負伐り」で速さを競う。本番の勝負伐りでは一節おきに五段に伐る。早く伐り終わった地方の豊作が約束されるのである。

竹伐や弁慶頭巾白妙に　鈴鹿野風呂
（『地名俳句歳時記』）

雨雲を払ふ一刀竹伐会　平　万紀子
（『巴里祭』平22）

「えい」という大きな掛け声とともに山刀が振り下ろされると、カーンと鋭い音が響いた。雨上がりの新緑に日が射して、山刀が光る。伐られた竹はお守りになるので私も竹の破片を拾った。

夏《なつ》祓《はらえ》

上賀茂神社

六月三十日は夏越《なごし》の日で、多くの神社で「茅の輪くぐり」が行われる。

梅雨期の京都は耐えがたい蒸し暑さで、これからさらに盛夏を迎えるかと思うと気が滅入る。そんな時期に、一年の折り返し点として夏祓によって厄を落とし、気分を一新するのは生活の知恵というべきであろう。また、この時期になると「水無月《みなづき》」という名前の和菓子が売られ、夏祓の季節がやってきたことを実感する。水無月は季語にはなっていないが、季節限定の菓子である。氷室の氷をイメージさせる三角形で、外郎《ういろう》でできている。上部に載っている小豆は厄除けのためのもので甘く煮てある。夏祓の日は何としても水無月を食べなければならない。

お下りの水無月餅《みなづきもち》のゆきわたる　内田　哀而

（『名所で詠む京都歳時記』）

ところで、私の産土神《うぶすながみ》は北野天満宮であるが、現在の住まいからもっとも近いのは梛ノ宮《なぎのみや》神社（元祇園《もとぎおん》梛《なぎ》神社）である。北野天満宮は大茅の輪が掛けられることでよく知られているし、梛ノ宮神社は新撰組縁の地にあって、小さいながらも瑞々しい茅の輪が早朝より掛けられる。茅の輪くぐりならばそれで十分なのだが、それでも、この日は上賀茂神社の茅の輪をくぐりに出掛ける。境内に青々と美しい茅の輪が掛けられ、夜には「ならの小川」に人形《ひとがた》が流されるからである。

午後八時、夏越の神事が始まる。松明に先導されて、神職、雅楽奏者がゆっくりと茅の輪をくぐると、その後を一般の参拝者が続く。続いて、橋殿に一同が揃うと雅楽を伴って藤原家隆の和歌が朗詠される。

風そよぐならの小川の夕暮れは禊《みそぎ》ぞ夏のしるしなりける

橋殿の下にはならの小川が流れていて、この川に何千とも知れぬ人形が神職の手から次々落とされてゆく。それは目にも止まらぬ速さで、はらはらと滑り落ちてゆくのである。川には斎《い》串《ぐし》が立てられ、結界を成している。その結界に篝火が焚かれ、水面に火の粉が落ちる。焚かれているのは護摩木で、男たちが川に入っては、くべ足す。平成二十七年に「汀」の仲間とともに訪れたときは、雨の夏越になった。人形はゆらゆらと水面に落ち、篝火に照らされつつ雨の小川を流れていった。

累々と形代さびしさに水漬く　土方　公二

（「汀」平27・9）

洛北の雨に茅の輪の香りけり　浦田　祐子

（同）

もう随分以前のことだが、夏祓が終わって、人々が去って行った後のならの小川に蛍が飛ぶのを見たことがあった。川の流れに沿って森の方まで歩いて行くと、濃い闇のなかに蛍が明滅していたのだ。現在は管理が行き届いていて森に近づけないが、当時はゆっくり夏祓の余韻を楽しむことができた。蛍はそこかしこの木に止まっているので、闇そのものが明滅しているように思える。川には流れないままの人形が白く沈み、蛍の光が妖しいまでに幻想的だった。

沈みゆく人形闇に加はらず　松野　秀雄

（「汀」平27・9）

祇《ぎ》園《おん》祭《まつり》

八坂神社

鉾建て

祇園会や京へ上るといひしころ　桂　信子

（『花影』平8）

祇園祭は京都屈指の祭りで、七月一日の吉符《きっぷ》入りから三十一日の疫《えき》神社の夏越祭まで、一か月にわたって多彩な行事が繰り広げられる。平成二十六年に大船鉾《おおふねほこ》が復活し、総数三十三基の山鉾が、前祭《さきまつり》・後祭《あとまつり》に分かれて巡行することとなった。後祭の殿《しんがり》を行くのは大船鉾。四十九年ぶりに本来の形に戻ったのである。

十日の朝、「長刀鉾《なぎなた》」や「月鉾」などの鉾蔵が開き、前祭の鉾の組み立てが始まると、京都の人々はいよいよ祇園祭の季節がやってきたことを実感する。

荒縄をくぐる荒縄鉾組めり　井上　弘美

（「汀」平24・9）

金輪際ゆるまぬ縄や鉾を組む　広田　祝世

（『かつらぎ選集　第二巻』平12）

前祭には二十三基の山鉾が巡行するが、先頭を行く「長刀鉾」などの「鉾」は七基。「船鉾」を除いて、高さ約二十五メートル、重さが約十二トンある。巡行のときには約四十人の囃子方を乗せるので、相当な重量になる。その鉾を組むのに、釘は一本も使わない。鉾は木と縄のみを使い、「縄がらみ」と呼ぶ独特の技法で組み立てられる。縄目の作り出す模様は、工芸品のように美しく、雄蝶、雌蝶、鶴結び、海老結びなどの名前が付いている。「長刀鉾」や「函谷《かんこ》鉾」「月鉾」は四条通に建てられるので、道行く人もしばし足を止めて眺める。

「鉾建て」には二、三日を要するが、感動的なのは鉾が立ち上がる瞬間である。鉾は台座に当たる櫓の部分が組み上がると、いったん寝かせて「真木《しんぎ》」を差し込む。そして、真木にさまざまな化粧を施して、梃子《てこ》の力を応用して起こすのである。

とりわけ「菊水鉾」が立ち上がるときは迫力がある。あるとき、大勢の人が集まっているので何事かと思って見に行くと、ちょうど「菊水鉾」の立ち上げだった。羅の黒紋付きに袴姿の男性が現れ、榊を一枚口に咥え、「真木」に取り付けた榊に恭しく「紙垂《しで》」を結び付けた。その後、「どうぞ、お付けください」と、集まっていた人々にも「紙垂」が配られたので、私も一枚もらった。みんな願い事を念じつつ、しっかりと結び付ける。青々と美しい「榊」に「紙垂」を結び付けると、祇園祭が人々の祈りとともにあることを実感する。こうして、「真木」の化粧が終わると、いよいよ鉾を起こすのである。

もうひとつ風に結べる鉾の紙垂　田村唯子

（「汀」平24・9）

「菊水鉾」が立つのは四条通から室町通を少し上がった（北へ入った）所で、町名も菊水鉾町という。鉾一基で道が塞がれてしまうような通りで、その細い通りに横倒しにした鉾を、鉾に差し込んである梃子とロープを使って起こすのである。電線に引っ掛かったり、途中で倒れたりしないように、ゆっくり慎重に起こす。すべて手作業で、ウインチに掛けたロープをギリギリと巻き取ると、それにつれて鉾が起き上がってくるのである。菊水鉾は鉾頭に「十六弁菊《じゅうろくべんぎく》華《か》」を付けている。直径五十センチくらいある金色の透彫《すかしぼり》で、それがゆっくりと天に向かってゆく姿は壮観である。

祇園祭が現在の山鉾につながる原型を整えたのは十四世紀末の南北朝時代といわれるが、国宝「洛中洛外図」屛風（桃山時代）に描かれている山鉾を見ると、ほぼ現在の姿になっている。しかし、京都は何度も戦禍を被っている。例えば、ここに挙げた菊水鉾は、元治元年（一八六四）の蛤御門の変に端を発する大火によって、大船鉾などとともに焼失した。現在の鉾が復活したのは昭和二十七年（一九五二）のことである。鉾町の人々の熱意によって、八十八年ぶりに仮鉾で巡行に参加。翌年、総白木の菊水鉾が完成。順次、胴掛・見送り・水引が整い、昭和三十八年、鉾頭の金色の菊花が取り付けられて「昭和の菊水鉾」が完成したのであった。山鉾を飾る工芸染色品が超一級品であることはよく知られているが、それを支える山鉾の骨組みや、鉾建ての作業にも経験と技、そして知恵の粋が結集しているのである。

月鉾の月のぐらりと地を離れ　前田攝子

（『続氷室歳時記』平19）

掲出句は、「月鉾」が立ち上がる瞬間を捉えているのだろう。「菊水鉾」が立ち上がった瞬間、沿道で見守っていた人々から大きな歓声とともに、喝采が沸き起こった。それは、遠い記憶のなかにある町衆の力を呼び覚ますような、胸が熱くなる瞬間であった。

「榊」に結ばれた幾百の「紙垂」が、風に吹かれて白々と揺らいでいた。

暮れぎはの空に立つなり裸鉾　吉田　黎子

（「汀」平24・9）

宵山

十六日は前祭の宵山《よいやま》である。午後六時、四条烏丸《からすま》を中心にメインストリートが歩行者天国になると、鉾町は四十万とも五十万ともいわれる人々で溢れる。そんな賑わいのなか、「長刀鉾」や「函谷鉾」「月鉾」などの駒形提灯に灯が入ると、囃子方を乗せた鉾が夕闇に浮かび上がる。

祇園囃子ゆるやかにまた初めより　辻田　克巳

（『明眸』昭48）

宵山の囃子の中で逢ふことも　草間　時彦

（『盆点前』平10）

「コンコンチキチン」と祇園囃子が流れると、人々は吸い寄せられるように鉾を取り囲み、〝動く美術館〟と称される絢爛たる装飾品を見上げる。祇園祭は老若男女を問わず、浴衣姿で楽しむ人が多い。鉾の上の囃子方の揃いの浴衣とともに、あでやかな浴衣に身を包んだ少女たちは、祭りの夜にいっそうの彩りを添える。

ところで、鉾町が提灯で飾られるようになったのは江戸中期のことで、これは、蠟燭《ろうそく》が広く普及したことによる。明和三年（一七六六）、祇園会に五十一個の提灯が飾られてより、宵山の風景は一変するのである（『京都の歴史』6）。しかし、現在のような駒形提灯で鉾を飾るようになるのはさらに時代が下って、江戸時代も後半に入ってからのことであろうという。

夜の鉾町が明るくなるとともに、その楽しみも増えていく。「屛風祭」も、その一つである。鉾町には、「屛風祭」と称して町家などが秘蔵する屛風を飾り、道行く人々に披露する習わしがある。伝来の屛風を広げ、その前に、祇園祭に欠かせない射干《ひおうぎ》がいけてあったり、鈴虫の籠が出されていたりする。「鰻の寝床」と呼ばれるように間口の狭い町家も、奥行きは深い。屛風祭のときには格子を取り払ったり、玄関が開け放ってあったりするので、涼しげなしつらいの座敷や坪庭が見えたりするのである。

その奥に屛風祭の人の影　　藤本美和子

（「俳句四季」平22・10）

そんな賑わいのなか、山や鉾ではそれぞれ、特製の手拭いや「粽《ちまき》」などが売られる。売り子役の幼い少女たちも、みな浴衣を着ているのは壮観だ。少女たちは声を揃えて、わらべ唄を歌うように売り文句を唱える。ある年、「蟷螂《とうろう》山」の町会所では、水色の浴衣を着た小学校一、二年の少女が、一人で元気よく歌っていた。

蟷螂山の手拭いはこれより出ます。常は出ません。今晩ばかり。信心の御方《おんかた》さまは、受けてお帰りなされましょう。手拭いどうですか。粽どうですか。

朗らかにこう歌われるとついつい「粽」を買ってしまう。山鉾で売られる「粽」は「鉾粽」といって食べられない。厄除けの護符で玄関口の上に飾る。

ところで、この鉾粽には謂れがある。粽は「蘇民将来之子孫《そみんしようらいのしそん》」の証なのである。蘇民将来の伝説は日本各地に広がっているが、起源や出典は不明。牛頭《ごず》天王が南海へ行く途中、ある村で一夜の宿を求めた。そのとき、裕福な巨旦《こたん》将来は一行を門前払いにするが、貧しい蘇民将来は丁重にもてなしたのである。やがて、牛頭一行は凱旋するのだが、そのとき、蘇民将来の家族だけを救って、村人を皆殺しにしたというのである。そして、蘇民将来の子孫は今後あらゆる災厄から逃れられると約束をした。そのための護符が粽なのである。

「鉾粽」の一番人気は何といっても「長刀鉾」だが、「黒主山《くろぬしやま》」の桜の花をあしらった粽なども美しい。京都の町を歩くと、今も「鉾粽」を掲げている家を見ることができる。

九十の厄こそ払へ鉾ちまき　深見けん二

（『菫濃く』平25）

日和神楽

一閃の涼気鉾提灯落とす　阪上　薀

（「汀」平25・9）

前祭の宵山の夜、鉾の上での最後のお囃子が晴れやかに終わると、鉾を取り囲んでいた人々から大きな拍手が起こった。このとき、「函谷鉾」は演奏が終了すると同時に駒形提灯を消し、一気に提灯を落とすという荒技を披露してさらなる喝采を浴びる。大方の観光客はこれで宵山は終了したと思って引き上げる。しかし、囃子方の人々にはもうひと仕事、大切な行事が残っている。午後十時、鉾から降りた人々は、祇園囃子を流しながら、四条通にある八坂神社の御旅所《おたびしょ》まで行くのである。これを「日和神楽《ひよりかぐら》」という。翌日の巡行が晴天であるようにと、屋台に吊り下げた鉦を打ち、笛を吹きながら行くのである。

船鉾の日和神楽のぞろと来し　大石悦子

（自註現代俳句シリーズ『大石悦子集』平26）

提灯を提げた先導役の人々に守られて、揃い浴衣の男たちが祇園囃子を奏でつつ夜の町を練り歩く姿は、艶な魅力を湛えつつ、どこか哀愁を帯びてもいる。このころには観光客もずいぶん減って、蒸し暑い京都の夜に、ときどき涼風が吹き抜ける。

御旅所に着くと、一同揃ってお祓いを受け、祇園囃子を奉納してそれぞれの鉾町へと戻って行く。唯一、「長刀鉾」だけは鴨川を渡って祇園町を流し歩き、八坂神社まで行く。祇園囃子が聞こえると、町の人々は通りに出て迎える。囃子方には小学校低学年の少年たちもたくさんいるので、数か所で休憩しつつ行く。おしぼりやビール、冷たい飲み物が振舞われるのである。八坂神社に到着すると、神前に提灯を並べ、一同お祓いを受ける。ここで子どもたちは解放され、大人たちによる宵山最後の祇園囃子が奉納される。それは、正調祇園囃子ともいうべき荘重にして厳粛そのものの演奏で、終わるのはちょうど十二時。深夜の杜に染み通るような音である。そもそも御霊会《ごりょうえ》として始まった祇園会の、千年以上の歴史をもつ鎮魂の音楽なのであった。

日和神楽

月涼し日和神楽を見失ひ
岡村　美江
（「汀」平25・10）

祇園会や真葛が原の風かほる
蕪　村
（『蕪村句集』天明4）

この後、一行はさらに祇園町を流して長刀鉾まで戻る。八坂神社に行くときは四条通の北側、帰りは南側を練り歩く。深夜の花街に囃子が聞こえてくると、あちらこちらから芸妓が出迎える。芸妓はみんな涼しげな夏衣に身を包んでいて、小路は匂うような華やかさになる。祇園一力の前までやって来るころには深夜一時を回っているが、ここで一同を待ち構える芸妓たちも多い。「姉さん、おおきに」などと、互いに挨拶を交わしつつ、日和神楽を待つのである。鎮魂の音楽に艶やかさが加わってゆく。

祭　體　祇　園　小　路　も　奥　の　奥　　小澤　實

（『立像』平9）

長刀鉾稚児と久世駒形稚児

鉾　に　の　る　人　の　き　ほ　ひ　も　都　か　な　　其　角

（『華摘』元禄3）

東　山　回　し　て　鉾　を　回　し　け　り　　後藤比奈夫

（『花匂ひ』昭57）

七月十七日は前祭の山鉾巡行の日である。観光客が沿道を埋めるなか、午前九時、長刀鉾を先頭に、山鉾が四条烏丸から祇園囃子を奏でつつ巡行する。その長刀鉾の先頭に乗っているのが鳳凰の天冠を戴き、赤地の金襴振袖にを身に付けた「長刀鉾稚児」である。稚児は四条麩屋町に建つ斎竹《いみだけ》に張られた長さ約二十五メートルの注連縄を太刀で切る。これが「注連縄《しめなわ》切り」で、山鉾巡行のハイライト。「長刀鉾稚児」の果たすべき、もっとも重要な儀式である。

月鉾や児《ちご》の額の薄《うす》粧《けはひ》　曾良
（『地名俳句歳時記』）

かしこくも羯鼓学びぬ鉾の児　召波
（『春泥句集』安永6）

これらの句に詠まれているのは「生稚児《いきちご》」である。しかも、召波の句からは、稚児が羯鼓を打っていたことがわかる。かつては船鉾以外のどの鉾にも「生稚児」が乗っていたが、「函谷鉾」と「鶏鉾《にわとり》」は江戸時代に人形になり、「月鉾」は明治四十五年に人形になった。その後、昭和四年に「放下鉾《ほうか》」が人形に変わったことから、現在は、長刀鉾だけに「生稚児」が乗る。かつて、どの鉾にも「生稚児」が乗っていたころは、稚児たちは羯鼓を打ち鳴らし、舞いなども披露したようである。それが、次第に人形に変わってゆくことで、「鉦」を打ち鳴らすことが中心となり、祇園囃子が誕生するのである。長刀鉾の稚児が鉾から大きく身を乗り出し、胸に付けた羯鼓を打つしぐさをする「鉾舞い」に、かつての名残を見ることができる。雨の巡行となった年、先頭を行く長刀鉾の稚児は豪華絢爛たる袂を膝に重ねつつ、身じろぎもしなかった。

鉾の稚児雨の袂を重ねけり　　高田　正子

（『青麗』平26）

その「長刀鉾稚児」と補佐役の「禿《かむろ》」二名は、毎年六月初旬に決まり、新聞などに発表される。京都の人々は毎年、「今年のお稚児さんは、○○さんとこのぼんや」などと話題にし、祇園祭へと思いを馳せる。鉾稚児のもとへは六月中に結納が納められ、以後さまざまな儀式が行われる。そして、前祭の二十三基の山鉾が建ち上がった十三日の朝、「長刀鉾稚児」は禿や裃姿の長刀鉾町役員を従え、騎馬で八坂神社に参拝する。これが「社参の儀」で、昇殿して正五位少将の位をもらうのである。これは「お位もらい」とも呼ばれる厳かな儀式で、以後、「長刀鉾稚児」は神の化身となる。

　ところで、同じ十三日の午後、二人の稚児が八坂神社に社参するのだが、このことはあまり知られていない。この稚児は南区久世の綾戸《あやと》國中《くんなか》神社からやってくる。現在の祇園祭は山鉾巡行がその中心のように思われがちだが、神輿の歴史は山鉾より古い。十七日の山鉾巡行の後、夕刻より神幸祭が行われ、三基の神輿が担がれる。担ぎ手の人数が交代要員も含めて五、六百人という壮大な祭りで、還幸祭は二十四日。その神幸祭と還幸祭をそれぞれ先導するのが「駒形稚児」である。胸に綾戸國中神社の御神体である駒形（馬の首の彫りもの）を掛けて先導することから、「久世駒形稚児」と呼ばれる。綾戸國中神社の御祭神は素戔嗚尊《すさのおのみこと》で、八坂神社と同じ。「久世駒形稚児」は素戔嗚尊の化身なのである。

祇園会の稚子並び行く朱傘かな　中川四明

（『四明句集』明43）

前祭の山鉾巡行の終了する十七日の午後、「長刀鉾稚児」がその役目を終えると、「久世駒形稚児」が白馬に乗って八坂神社にやってくる。稚児は拝殿ののち、境内の休息所に赴くのであるが、そこで、運良く「駒形稚児」を間近く拝することができた。「長刀鉾稚児」同様、強力《ごうりき》に抱きかかえられていて、胸に幣帛《にきで》（神に供える麻や絹）に覆われた木製の駒形を掛けていた。八坂神社の素戔嗚尊は和御《にぎみ》魂《たま》、綾戸国中神社の素戔嗚尊は荒御魂であるところから、両社が一体となることで祇園祭は成立するという。

午後六時。八坂神社の前は神輿の渡御を見ようとする人で埋まっていた。「駒形稚児」は七歳。降り出した雨に背筋を伸ばし、白馬の首をいたわるように撫でると、三基の神輿を従えて堂々と出て行った。

大船鉾と後祭の復活

平成二十六年、大船鉾が百五十年ぶりに復活。それにともなって祇園祭は前祭と後祭によって構成されるという本来の形に戻った。四十九年ぶりのことだ。大船鉾は平成十九年に「居祭《いまつり》」となった。これは休み鉾の意で、巡行はしないが会所などにその山鉾の装飾品などを展示して、その祭りに参加することをいう。これによって、大船鉾の会所には船の先端に掲げる「大金幣《だいきんぺい》」などが展示されるようになった。私は、この「居祭」になった大船鉾の会所を何度も覗いていたが、鉾の復活には莫大な費用がかかることから、復活へ向けての道程は果てしなく遠いものに思われた。しかし、ついに、大船鉾は復活した。

大船鉾は「祇園社記」の記録によれば、嘉吉元年（一四四一）に建立された。ところが、応仁の乱によって他の鉾とともに焼失。その後復活されるが、本格的に復活したのは江戸時代に入ってからのことだった。しかし、天明の大火（一七八八）でまたもや焼失。幸い神功皇后の神面が残ったことから、文化元年（一八〇四）に再度復興を果たした。ところが、元治元年（一八六四）の蛤御門の変に端を発する大火によって、鉾本体や装飾品の一部を失って以来、休み鉾となっていたのである。現在残っている大金幣や、舷を飾る豪華な水引、そして舵などは元治元年の復興時に整えられたものである。

七月二十三日、巡行の前夜、私は何としても大船鉾に会いたくて、最終の新幹線で京都に

祇園祭後祭に〈巡行〉する大船鉾

帰った。すでに十二時を廻っていて、提灯は片づけられていた。船鉾よりひと回り大きいという大船鉾は、闇の中に静かに建っていた。鉾番を兼ねてか、何人かの役員とおぼしき人たちが鉾を見上げては談笑している。ひっきりなしに人がやってくる。私は地面に腰を下ろして、明日、後祭の殿を行く姿を想像した。

矢《や》取《とり》神《しん》事《じ》

下鴨神社

立秋前夜、下鴨神社では矢取神事が行われる。これは「下鴨の御祓」として歳時記に立項されている。傍題に「矢取りの神事」「五十串」とあるように、糺《ただす》の森の御手洗池に立てられた五十本の斎串《いぐし》（斎矢《いつきや》）を、男たちが奪い合うのである。

私が参拝したときは夕刻から雨が降り、ときどき遠雷が轟いていた。それでも、神事は執り行われ、祝詞《のりと》奏上に続いて子どもたちが太鼓を打つと、五十人の男たちが駆け込んできた。池の中央に二本の背の高い斎串が立てられ、それを取り囲むように四十八本のやや小さい斎串が立てられている。男たちは「裸男」と呼ばれる氏子で、白鉢巻き、白法被、白短パン、そして白い地下足袋を履いた白装束である。一同左右に別れて池の縁で待機していると、やがて、灯りが消された。篝火だけがゆらゆらと水面を照らし出した。次の瞬間、照明が灯されると同時に鉦鼓が打ち鳴らされると、それを合図に男たちが池に跳び込んで行った。斎串の争奪戦の始まりだ。そのとき、池の四方から何千枚という人形《ひとがた》が撒き上げられた。人形は明かりを浴びて金色に輝き、闇のなかで水飛沫《みずしぶき》を上げる男たちにきらきらと降ってくるのだった。それは一瞬のことだったが、御手洗池全体が絢爛たる輝きに満ちていた。

この神事は、下鴨神社の祭神玉依姫《たまよりひめ》の懐妊神話に基づいている。『続日本紀』風土記逸文によると、玉依媛命が瀬見の小川（賀茂川）で禊をしていると、丹塗りの矢が流れてきた。そこで持ち帰って床の辺に挿しておくと、男の子を出産したというのである。生まれたのは賀茂別雷神《かもわけいかづちのかみ》、上賀茂神社の祭神である。矢取神事は斎串が矢の形に似ていることから、この伝説にちなんで行われるのである。

斎串奪ふ人の羽音や御祓川　几董

（『井華集』天明7）

几董《きとう》は蕪村門で京都の人、天明期に活躍した。この句には前書が付いていて、〈名越の神事終は　やがて水面に立ちたる五十串を拾ひて　農家の守護となすこと　かねて近在の土人川岸に衆り居て　我一と争ふ事なり〉とある。「矢取神事」が伝統ある行事で、しかも、奪った

「矢」を農家の人々が守護としたというのだから、神聖な矢を得るべく激しい争奪戦が繰り広げられたことだろう。しかし、『日本祭礼風土記』（昭37）の記述によると、「裸男は奪い取った斎串を握って鳥居に掛けられ茅の輪をくぐり、神前に奉る」とある。矢そのものを神聖視することは変わらないが、どこかで土俗的な力が失われ、神事として洗練されていったことがわかる。私がこの神事を見たとき、男たちは白装束だったが、かつては下帯姿であった。立秋前の、夜の森で行われる、「裸男」たちによる、秘儀にも似た豪快にしてきらびやかな神事であったことが思われる。

茅の輪くぐる旅の一歩の闇の藍　野澤節子

（『飛泉』昭51）

秋

京都の月

大覚寺

大覚寺、大沢の池の月見船

「雪月花の時、最も君を憶ふ」と詠じたのは、唐の詩人白楽天である。京都には「雪月花」を楽しませてくれる所がたくさんあるが、嵯峨野にある広沢の池の「雪月花」は特に趣が深い。ここは古来歌枕の地として、多くの歌人に愛でられてきた。周囲およそ一・三キロの小さな池が桜に縁取られる春、舟を浮かべて中秋の名月を楽しむ秋。とりわけ、嵯峨野にすだく虫の音を聞きながら広沢の池で眺める月は静かで、古都の風情を今に保っている。

観月の舟に乗り込む人見ゆる　塩見 道子

（『名所で詠む京都歳時記』）

一方、仲秋の名月を眺めるのに絶好の寺院といえば、広沢の池からほど近い大覚寺旧境内にある大沢の池である。大覚寺は奈良興福寺の南にある猿沢の池、大津の石山寺とともに、日本の三大名月観賞の地に数えられている。

嵯峨御所の勅使門とて月あかり　鈴鹿野風呂

（『地名俳句歳時記６』）

大覚寺はもと嵯峨天皇の離宮であった。旧境内にある広大な大沢の池は、嵯峨天皇が庭園の池として造らせたもので、平安時代の人造の池である。池の周囲は約一キロ。中国の洞庭湖を模して造られたという。嵯峨天皇が崩御した後、離宮は大覚寺となり、代々法親王が入寺する門跡寺院となった。また、後嵯峨、亀山、後宇多の三人の上皇が門跡となって大覚寺に住んだので、嵯峨御所とも呼ばれるようになった。

観月の夕べは大沢の池を中心に行われる。午後六時半、境内の五大堂では月光菩薩に嵯峨流による献花が行われ、満月法会が営まれる。五大堂の観月台は大沢の池を正面に、視界が大きく開けている。そこに、芒や萩、野菜や月見団子を恭しく供え、上り来る月を迎えるのである。「月祀る」という季語が実感される。大覚寺は応仁の乱の被害を受けているので、多くの建物が江戸時代に再建されたものである。しかし、大沢の池と、遥かに望む山々の姿は離宮当時のままなのである。

嵯峨御流なる月の供華《くげ》大覚寺　竹腰朋子

（『名所で詠む京都歳時記』）

大覚寺の月は、観月台で眺めると同時に、大沢の池に浮かべられた船で楽しむこともできる。池には竜頭船、鷁首《げきす》船など王朝風の屋形船が浮かべられ、乗船を待つ人が長い列を作っている。それでも根気よく並んで船に乗り込む。すると船はゆっくり池を巡り、水面に映る月を見せてくれるのである。観月の船遊びは、夜風に吹かれながら水面の月を愛でるための趣向なのである。池の中ほどまで来ると、奏でられている琴の音色も遠い。静かな水面には屋形船の提灯が明かりを落とし、棹の先には眩いまでに澄んだ月が揺れている。

六《ろく》道《どう》まいり

珍皇寺

京都の秋は盂蘭盆の行事に始まる。八月七日、立秋の日が来ると、精霊《しょうりょう》迎えの鐘を撞くために、東山の六道珍皇寺に多くの人が参る。いわゆる「六道まいり」である。この日から十日までの四日間、珍皇寺のある松原通には「六道まいり」と黒々と書かれた白い横断幕が掲げられ、狭い道路には草市などの露店がひしめき、仏具や盆花を求める人々で賑わう。

打ばひゞく物としりつゝむかへ鐘　嵐雪

（『杜撰集』元禄14）

珍皇寺の精霊迎えが「六道まいり」と呼ばれるのは、このあたりが異界と現世の境界だったからで、かつての埋葬地、鳥辺野《とりべの》に送られる往生人はここで引導を渡された。現在も、珍皇寺から西へ五十メートルほど先の、松原通東大路の角を少し西に行った所に「六道の辻」と刻まれた石碑が建っている。辻の場所は珍皇寺の門前であるとの説もあるが、いずれにしてもこのあたりが「六道の辻」である。冥界への入り口で鐘を撞くと、いかにも精霊を出迎えるという思いになる。

迎へ鐘そよろと動く辻の闇　坂本　昭子

（「汀」平26・10）

私は毎年、珍皇寺で迎え鐘を撞いて父と母を迎える。お盆らしいことは何もできないけれど、せめて鐘を撞いて迎えたいと思う。

京都では「精霊」を、「おしょらいさん」と親しみを込めて呼ぶ。幼いころは、この「おしょらいさん」の意味がよくわからなかったけれど、「おしょらいさんを迎えに行く」と聞くと、おごそかで楽しい気持ちになった。「大文字《だいもんじ》」で「おしょらいさん」を送る日までの、普段とは違う日々の始まりであることが、子どもなりに実感できるのだった。

近年は、残暑厳しい日中を避けて、夜に迎え鐘を撞きに行く。珍皇寺の鐘は夜十二時まで撞くことができ、昼間とは異なる夜の六道まいりの雰囲気が味わえる。境内を照らし出すいくつもの明かりが大小の影を落とし、お精霊さんを迎える思いが深くなる。境内の隅にはいつの時代のものか、地獄絵が一枚吊るされていて、裸電球に照らし出されている。鬼に追われる男、血の池に身を沈める女たち。大人も子どもも、しばし足を止めて絵に見入る。人々の影が地獄絵に映って、この世とかの世が重なる。

精霊火ひとかげ揺らぎ揺らぎ過ぐ　西宮　舞
（『花衣』平20）

西宮氏もまた、夜の六道まいりをされたのだろう。さして広くない境内を、盆花や水塔婆《みずとうば》を持った人が、精霊火に照らされつつ行く。線香の煙、蠟燭の炎、提灯の明かり。「揺らぎ揺らぎ」という繰り返しが、この世とあの世の境界を行き交う人々の姿を捉え、この世に存在することの不確かさを思わせる。

ところで、「六道まいり」には手順がある。まず境内に立ち並んでいる花屋で高野槇《こうやまき》を求める。次に本堂前で、水塔婆に迎える人の戒名を書いてもらい、鐘を撞く。鐘は正確には撞くのではなく、小さな穴から垂れている綱を引く。鐘は堂内に納められて見えないのだが、力一杯引くと、籠もった音が地下に響くように鳴るのである。それから、水塔婆を線香の煙で浄め、石地蔵の前の水箱に納めて、高野槇で濡らす。「水回向《みずえこう》」である。この高野槇の水滴に精霊が宿るといわれていて、人々は高野槇を持ち帰るのである。正月神を迎える松に対して、盆の精霊を迎える高野槇。本来は正月神も祖霊で、「松迎え」は松を伐って、その松に祖霊を乗せて帰ったのだという。六道まいりの高野槇もまた、祖霊を迎える依り代なのである。

父母に水をまゐらす七日盆　井上　弘美

（「俳句」平26・10）

珍皇寺には「六道まいり」にちなむ小野篁《おののたかむら》の伝承がある。この寺の本尊は薬師如来であるが、小堂には閻魔大王、弘法大師とともに、小野篁の像が祀られている。その篁は、脇侍として善童子と獄卒鬼《ごくそつき》を従え、束帯《そくたい》姿で参拝者を見下ろすように立っている。篁は平安時代の初期に嵯峨天皇、淳和天皇、仁明天皇の三天皇に仕えた詩人であり学者でもある。ところが、篁は一風変わった人物であった。昼は有能な官僚であり、夜は冥府《めいふ》に赴いて閻魔大王に仕えたという。珍皇寺には、その篁が冥府へ通うのに使ったと伝える井戸が現在も残っているのである。面白いのは、この井戸が冥府へ行くときの井戸で、出口は嵯峨大覚寺の門前、福生寺《ふくしょうじ》の井戸だと伝えられていることだ。このあたりもまたかつての埋葬地、化野《あだしの》にほど近い。東の鳥辺野と、西の化野を結ぶ冥土の道。残念ながら福生寺は廃れてしまったが、近年、嵯峨大覚寺からほど近いあたりに、冥府の出口として井戸が再建された。

金輪際わりこむ婆や迎鐘　川端　茅舎
（『川端茅舎句集』昭9）

草市の紙の六文銭を買ふ　浅井　陽子
（『狐火』平14）

茅舎の「婆」や、浅井氏の「紙の六文銭」には「六道まいり」に込められた、この世に生きている者のエネルギーや願いが捉えられている。迎え鐘を撞く人の列は寺をはみ出し、路地に沿ってどこまでも続いている。早朝から夜更けまで、鐘は響き続くのである。

「六道の辻」には「幽霊飴」を売る店も出る。看板の「幽霊飴」という震えるような書体が不気味で面白い。買っても食べきれないとわかっているのに、つい名前に引き寄せられて買ってしまう。京都の人は生き生きとお盆を迎える。「六道まいり」には、逞《たくま》しい庶民の活力が溢れているのである。

西福寺

珍皇寺から西へ数分の所に西福寺がある。小さな寺院だが、八月七日から十日は自由に参拝することができる。門を入ると水掛不動尊があり、靴を脱いで本堂に上がると、何枚かの地獄絵とともに九相図《くそうず》を見ることができる。ここは、嵯峨天皇の皇后、檀林皇后の祈願寺であり、「九相図」は皇后自らが、自身の死後の有様を描かせた図として知られている。皇后は美貌の人であったが、仏教に深く帰依し、人が死によって朽ち果ててゆく様子を、九つの段階に分けて記録させた。そのために、亡骸を野ざらしにさせたというのである。勤行《ごんぎょう》の続くなかで、訪れた人々は食い入るように、地獄絵を、そして九相図を眺めるのである。

六波羅蜜寺

西福寺からほど近くに空也上人ゆかりの六波羅蜜寺があって、ここでも迎え鐘を撞くことができる。六波羅蜜寺では応和三年（九六三）八月、空也上人が萬燈会によって悪疫退散を祈願して以来、それを踏襲して精霊を迎えている。

八月九日の午後八時、萬燈会厳修が始まった。本堂内陣には、土器盃に灯芯を「大」の字に入れ、その五つの端に点火したものが献灯されている。「大」の字は密教の五大思想である「地水火風空」を表し、「すべての実相は五大より生じ五大に帰す」との教えによる。土器盃は全部で百八つあり、それらが、小さな灯りを揺らめかしている。「汀」の仲間とともにこの日は台風が接近していて、ときどき、内陣へも強い風が吹き込み、萬燈がいっそう荘厳な輝きを見せていた。およそ一時間の厳修は般若心経で締め括られ、参拝者は一人一人、加持の施を受けることができた。
　このあたりは、平安時代後期に平正盛が邸宅を構えてからは、清盛に至るまで平家一門の居住地であった。『平家物語』を思うにつけても、六波羅は精霊迎えの思いの濃い土地柄なのである。

破地獄の加持たまはりぬ花木槿　　鈴木　禮子
（「汀」平26・10）

六波羅のわけても雨の桔梗かな　　宇野　恭子
（『樹の花』平28）

五《ご》山《ざん》の送《おく》り火《び》

大もぢや左にくらき比えの山　蝶夢

（『草根発句集』安永3）

八月十六日の夜、私は船岡山で五山の送り火が点火されるのを待っていた。大徳寺にほど近い、この小高い丘に立つと、鳥居形を除く四つの送り火を見ることができるのである。鴨川で夕涼みをしつつ点火を待つ方法もあるが、ここはもっとも視界が広い。地元の人々だけに知られた場所だったが、近年は外国からの観光客も多い。点火の午後八時まで、まだかなり時間があるというのに、小さな丘には家族連れや、若者たちがひしめいていた。団扇を手にした浴衣姿の人も多い。

船岡山は標高百十数メートルの小山だが、眺望がよく、平安京が定められるときには北の基点となった。清少納言も『枕草子』に、「岡は船岡」と書いているように、王朝時代の貴族にとっては絶好の散策地であったようだ。現在も森と呼ぶにふさわしい静かな公園で、とりわけ春の桜が見事である。露店などの出店が禁じられているらしく、人々はただ送り火を見るためだけに集まっている。京都の人々にとって、「送り火」は「お精霊さん」を送る火であり、この火を拝まなければ盆は終わらないのである。

はじめなかをはり一切大文字　岩城　久治

（『冬焉』平12）

子を高く闇に掲げて大文字　林　　子

（「汀」平27・11）

午後八時、東山如意ヶ岳に「大」の字がくっきりと浮かび上がると、集まっている人々から歓声が上がった。続いて八時五分になると松ヶ崎西山・東山の「妙・法」、十分には西賀茂船山の「船形」、そして大北山の「左大文字」が点った。「左大文字」が点火されたときには、大北山から熱風が巻き起こるような勢いで、一つ一つの炎が大きく揺らぎながら立ち上るのが見えた。大北山は金閣寺の後ろにあって、船岡山からもっとも近くに見える。そして、船岡山からは見えないが、八時二十分になると右京区の曼荼羅山に「鳥居形」が点る。

はるかなる火の音はるか大文字　黒田　杏子

（『花下草上』平17）

ある年の大文字は夕刻から小雨が降ったり止んだりで、山々の稜線が闇の中に滲んでいた。それでも、一つ一つくっきり点火すると、雨の闇に還ってゆく精霊が思われた。

大文字髪に雨粒きらめかせ　森　ちづる

（「汀」平27・10）

以前、NHKが五山の送り火を特集し、点火などの様子を実況放送したことで、盆行事としての「送り火」に対する興味関心が高まった。五山の送り火は室町時代中期から江戸時代初期に始まったなどともいわれているが、どのような経緯で、このように大掛かりな送り火が行われるようになったのか、正確にはわからない。現在もそうだが、この行事はどこまでも盆の行事であり、地域の人々の送り火を絶やさないという篤い思いと、物心両面による献身的な奉仕によって支えられている。

私は、まだ学生だったころ、大文字の点火の様子を見せてもらったことがある。そのとき、大の字を作り出している火が、キャンプ・ファイアーのように、火床に松の割木を組み上げて作られることを知った。しかも、燃えさかる火焔を前に、僧侶が一心に般若心経を上げているのを見て、その迫力に立ちすくんだ。山の斜面全体が炎の海のようで、読経の声が呪文のようだった。そのとき、「送り火」が、精霊をかの世へ送り還すための火であることを実感した。

刻かけて消ゆるあはれや大文字　　西嶋あさ子

（『読点』昭59）

送り火の法も消えたり妙もまた　　森　澄雄

（『浮鷗』昭48）

だんだん薄れてゆく送り火は、盆の終わりをしみじみと実感させる。「送り火」が消えて人々の去った船岡山に、秋の風が吹き始める。

火の消えてもう君還る大文字　　早坂　紀幸

（「汀」平27・10）

その一角が大文字消えし闇　　田中　裕明

（『夜の客人』平17）

灯《とう》籠《ろう》流《なが》し

遍照寺

五山の送り火が点るころ、嵐山と嵯峨野で灯籠流しが行われる。嵐山からは「大」と「鳥居形」、嵯峨野からは「鳥居形」が見える。嵐山は川に、嵯峨野は池に灯籠を流すのだが、それぞれ水辺の風情に趣がある。「送り火」と「灯籠流し」の双方で手厚く精霊を送ると、今年の盆が終わってしまったという、ひっそりとした思いになる。

嵐山の灯籠流しは、渡月橋の東にある臨川寺前公園で川《かわ》施《せ》餓《が》鬼《き》法要が営まれたのち、大堰川に灯籠が流される。この灯籠流しは第二次大戦後、戦没者慰霊のために始められたもので、列をなして川を下ってゆく光の帯が美しくも哀しい。

嵯峨野の灯籠流しは、広沢の池で行われる。池の畔に遍照寺《へんじょうじ》という小さな寺があり、そこで先祖供養の法要が行われ、灯籠が流されるのである。この寺は永観元年（九八三年）創建の真言宗の名刹で、かつては釣殿や月見堂などもある壮麗な寺院であったというが、早くに荒廃してしまったらしい。現在の寺は再建されたものであるが、応仁の乱のとき、奇跡的に難を逃れたという赤不動明王坐像と十一面観音が安置されている。普段はひっそりとしているが、この日は御詠歌《ごえいか》などもあげられ、盆寺らしい賑わいになる。その賑わいも、観光客の賑わいではなく、地元の人々のもたらす盆の賑わいである。私は広沢の池の流灯を見るのが好きで、以前は毎年のように訪れていた。

小舟より灯籠とめどなく流す　　佐久間慧子

（『文字盤』平８）

午後七時、広沢の池には赤、緑、青などの五色の灯籠が流される。それも、舟に乗せられて、池のなかほどで火を入れて降ろされるのである。手漕ぎ舟に乗せられる灯籠そのものに詩情があるうえに、彩りが美しい。このあたりは闇が深いので、舟が池の中ほどまで行くと、乗っている人の姿が見えなくなる。火を入れた灯籠が、一つ一つ水に乗せられてゆくのが見える。海や川に流す灯籠と違って、流れ去ることがないので、五色の灯がいつまでもさざ波に揺られているのが幻想的だ。手製の灯籠に水塔婆を差し込んで、手を合わせてそっと流してゆく人もいる。それがあまりにもさりげなくて、胸を打たれる。盆という行事が、人々の生活の奥深くに宿っていることを思い知らされる。

やがて、八時二十分になると濃い闇の中に鳥居形の送り火が赤々と浮かび上がるのである。

地《じ》蔵《ぞう》盆《ぼん》

八月十六日、五山の送り火で盆行事が終わったあと、二十三日、二十四日を中心に子どもたちには「地蔵盆」がやってくる。

各町内では祠に納めてある地蔵尊を洗い清め、その前にテントを張り、赤い提灯を吊して茣蓙を敷いたり、会所に運び出したりして「地蔵盆」を行う。近年は子どもが少なくなったので、ひっそりしている所もあるが、かつては福引きやゲームに興じ、おやつの時間になると、子どもたちが鉦を打って町内を廻った。お供えの西瓜や葡萄を賑やかに食べ、読経に合わせて十数メートルもある百万遍数珠を輪になって繰るなど、大人と子どもが一緒に過ごす、夏休み最後の楽しい行事だったのである。

地蔵盆の百万遍数珠

湯上りの項匂ふよ地蔵盆

三村　純也

（『蜃気楼』平10）

地蔵会の灯をひとつづつふやしけり

片山由美子

（『風待月』平16）

「地蔵盆」という言葉とともに必ず思い出すのは、肩上げをした浴衣を着て、兵児《へこ》帯《おび》を大きく蝶々に結んでもらった四、五歳の男の子の姿である。その男の子は、お風呂上がりの額や首に天花《てんか》粉《ふん》をたっぷり付けてもらって、お稚児さんのように晴れやかだった。子ども心にも、周囲の子どもたちとはどこか違う、独特の雰囲気を漂わせていることが感じられた。私はその男の子が優雅に金魚掬いなどをする姿を、祖母の家の地蔵盆で何回か見たのだった。ところが、その男の子と、私は高校で一緒になった。当時京都の公立高校は完全な地域制をとっていたので、まったくの偶然である。高校は二条城のすぐ傍にあった。彼の名前は種田道一氏。現在、金剛流の能楽師として活躍している。天花粉のお稚児さんは、能の家に生まれた御曹司だったのである。

京都の町を歩くと、あちらこちらに「お地蔵さん」が祀られている。身近な守護として朝夕手を合わせる人も多く、季節の花などが供えられたりしていて、庶民信仰の篤さを思わせる。

行き過ぎて胸の地蔵會明りかな　鷲谷七菜子

(『花寂び』昭52)

地蔵信仰が生まれるのは平安時代の後期で、浄土思想の広がりとともに、地獄の苦しみから救済してくれる仏として次第に庶民に浸透していった。親に先立った幼子が、親を悲しませた責めを負って、功徳を積むために賽の河原で石の塔婆を積む話はよく知られている。せっかく積み上げた石を、夜毎鬼がやって来ては崩すので、幼子は永遠に石を積み続けなければならない。そんな子どもを救済するのもお地蔵さんなのである。地蔵は梵名をクシティガルバと言うが、クシティは大地、ガルバは胎内・子宮を意味するのだという。「地蔵」という名前自体に、地蔵尊の力が表されているのである。その、地蔵尊の縁日が二十四日なので、「地蔵盆」

もこの日を中心に営まれる。
あれはまだ小学校へ上がる前だったか、地蔵盆にお遊戯会があって、何人かで踊ったことがあった。蓄音機やレコードがまだ珍しかったころで、嬉しくて何回も練習した。でも、誰が振り付けをしたのか、どんな衣装で踊ったのかはすっかり忘れてしまった。ただ、その歌詞に繰り返される「月見草」という、見たことのない優しい花の名前とともに、やるせないメロディーが、胸に沁みるように美しかったことを覚えている。

影踏を教へられをり地蔵盆　茨木和生

（『往馬』平13）

千《せん》灯《とう》供《く》養《よう》

化野念仏寺

平安京の葬送の地は東に鳥辺野《とりべの》、北に蓮台野《れんだいの》、そして西に化野《あだしの》があった。『徒然草』第七段に、

あだし野の露きゆる時なく、鳥部山の煙立ち去らでのみ住みはつるならひならば、いかにもののあはれもなからん。世はさだめなきこそいみじけれ。

と記されているように、化野は風葬、土葬の地であった。この地に化野念仏寺があり、八月二十三、二十四日の地蔵盆の夜に千灯供養が行われる。普段はひっそりとした小さな寺院だが、幻想的な千灯供養は格別で、あまりにも多くの参拝者が集まるようになったことから、当

化野念仏寺の千灯供養

時は申込み制になっていた。

この寺の開基は弘法大師で、平安時代に五智山如来寺と号する寺を建立して、風葬される死者の霊を弔ったのが始まりである。そののち、法然上人が念仏道場としたことから、「念仏寺」と呼ばれるようになった。境内にはおよそ八千といわれる小さな石仏、石塔が並んでいる。かつて葬送の地には石仏や石塔を置くことは認められなかったが、中世になるとそのような仕来りがくずれ、次第に五輪塔や石仏を置く風習があらわれたという。しかし、それらの石塔や石仏に被葬者の名や死亡年などが刻まれることはなかった。念仏寺に集められたのは付近に散在していた石造物で、今から百年ほど前に収集され、整然と並べられたのである。

地より湧く秋蟬ここは仇野にて　安住　敦

（『午前午後』昭47）

安住敦が念仏寺を訪れたのは昭和四十一年。前年の八月四日に亡くなった木下夕爾《ゆうじ》の一周忌を修しての帰路だった。夕爾は享年五十。掲出句には「その帰途、ひとり京都に下車。仇野念仏寺に赴く（五句）」と前書がある。悼み心のまま、盆のころの念仏寺を訪れたのだろう。〈仇野に手折りて野菊すぐ萎る〉という句も残している。

地蔵盆のころは、日中はまだ暑さが残っているものの、日が落ちると秋らしい風が吹く。そんな風の吹き渡るなか、参拝者によって、無縁仏の群れに一つずつ灯りが灯されてゆく。京の人は無縁仏を「無縁さん」と親しみを込めて呼ぶ。人々は結界を越えて賽の河原に入り、蠟燭を持って無縁さんを巡り歩き、これと思う石仏に一灯を献じるのである。それは、賽の河原の無縁仏としばしの縁を結ぶようなはかなさである。

読経の声、鐘を撞く音に混じって虫の声も聞こえる。

盆千燈もろもろの闇うごめきぬ　山口　草堂

（『四季蕭嘯』昭52）

千灯会燈す乙女のつゆけくて　野澤　節子

（『存身』昭58）

濃い闇のなかで千数百の炎が揺らぐと、回向する人々の影も揺らぐ。かつての風葬の山は、もう姿も見えない。

わが影の大いなりけり露の墓地　岡本　眸

（『朝』昭46）

松《まつ》上《あ》げ

広河原

八月二十四日の夜、京都市北部左京区の広河原《ひろがわら》で、「松上げ」と呼ばれる火祭が行われる。これは基本的には「愛宕信仰に基づく火伏せの民俗行事」(『京のまつりと祈り』)の流れを汲むものである。「松上げ」は季語にはなっていないが、秋の季語に「愛宕火《あたごび》」がある。「愛宕火」は愛宕信仰に基づく火祭で全国に広がっている。「松上げ」とほぼ同様の内容を伝えている地方もあることから、「松上げ」は「愛宕火」の一種と考えられるように思う。

京都府で「松上げ」を行っているのは、京都市北区雲ヶ畑《くもがはた》、左京区花脊八桝《はなせやます》・広河原・久多、右京区京北《けいほく》町小塩《おしお》、南丹市美山町芦生《あしう》などで、少しずつ形を変えて伝承されている。これらのなかでもっともよく知られているのは花脊八桝の松上げで、八月十五日に行われる。花脊

広河原の松上げ

は鞍馬寺から車で約四十分の距離で、市内から比較的近い。また、ツアーバスが出ることもあって観光客で賑わう。この花脊の松上げも以前は八月二十四日に行われていたが、多くの人手を要することから、村を離れている若者たちが帰ってくる盆の時期に行われている。

広河原の松上げは、花脊とほぼ同じ形だが、後にも述べるように、地蔵盆との関わりが深いという点に特徴がある。広河原は花脊を越えて、さらに深く山間部に入るので交通の便が悪く、旅館などもないことから観光客が少ない。

くらやみを鹿の横切る花脊越え
川口　南子
（「汀」平25・11）

かなかなや鞍馬の奥の奥の山　田中博一

（同前）

午後六時半、広河原に到着すると、山間の平地に、地松《じまつ》と呼ぶ松明のようなものが無数に挿してあった。高さ一メートルの木の先端に、三十センチくらいの松明を挿し込んだものだ。広場の中央には二十メートルくらいの高さの、「灯籠木《とろぎ》」と呼ばれる檜の柱が立ててある。その先端は籠のようになっていて、木の枝や枯葉が詰め込まれている。これをモジという。ちょうど、運動会の玉入れ競技のようなイメージで、このモジに「放り上げ松」と呼ばれる手松明を投げ入れて点火するのである。

上げ松明《たいまつ》炎ゆる燈籠《とろぎ》木は五十尺　内田哀而

（『名所で詠む京都歳時記』）

午後八時半、合図の太鼓が鳴ると、まず種火から地松へ火が移され、たちまち千本もあるかと思われる地松一本一本に火が灯されてゆく。さっきまで深い闇に閉ざされていた世界に点々と炎が揺らめくと、どういうわけか闇に果てしない奥行きが生まれるのだった。この世のものとは思えないような、陶酔感を誘う妖しく怖ろしく、そして幻想的な炎の揺らめきである。やがて、太鼓の音が一段と速く強くなると、男たちが放り上げ松を投げ始めた。勢いをつけるために大きく回すので炎が円を描く。目指すはモジだが、大方は届かない。何十人もの男たちが灯籠木を囲み、渾身の力で炎を投じると、観客から歓声が上がり、火祭は一体感を高めてゆく。次第に男たちの命中度が増し、ついに一つがモジに入り、さらに幾つかが入った。モジが炎上を始める。地松によって果てしなく広がっているように思えた世界に、高さがもたらされて、盆の精霊火のように思えてくるのだった。モジが十分炎に包まれると、灯籠木は支えを外されて大きく倒れていった。二十メートルもある大木が地響きを立てて倒れると、一瞬にして火の粉が噴き上がる。

露の夜を火柱となる灯籠木かな　　前田攝子

（『晴好』平25）

花脊の松上げはここで終了するのだが、広河原はさらに続く。男たちが倒れた灯籠木に藁をかけ、さらに大きな炎を作り出したのである。しかも「突っ込み棒」と呼ばれる長い一本の棒をかざした八、九人の男たちが、大声を上げて炎に突進してゆく。男たちが棒で炎を掻き上げると、燃えさかる藁が夜空へ舞い上がるのである。藁は美しい火の粉となって、高々と風に乗る。何度も何度も藁火が掻き上げられ、山間の村そのものが火の粉に包まれてゆく。火の粉の一つ一つが、精霊をのせているように思えて胸に沁みるのだった。

はじめに書いたように、基本的に松上げは火伏せの民俗行事とされるが、ちょうど地蔵盆の時期でもあることから、炎は送り火のように思えるのである。『角川図説俳句大歳時記』の解説によると、兵庫県高砂市に伝わる愛宕火では、子どもたちが麦わらの松明を燃やし「おたぎさんの御精霊、御精霊」と唱えるという。広河原の「松上げ」では行事の始まる一週間ほど前に、佐々里《ささり》峠に祀られている地蔵を村内の観音堂に移す。そして、行事の終了とともに元の峠の堂に戻される。「松上げ」の日、観音堂には地蔵盆の提灯が明々と灯され、女たちが御詠歌を唱えていた。幼い少女が祖母の膝に抱かれて鉦を鳴らしている様子は、遠い昔から続く盆行事そのものを思わせた。

お包みの赤子もをりぬ地蔵盆　　古沢　静香

（「汀」平25・11）

一灯は埋みし石へ地蔵盆　　伊藤　旺子

（同）

「松上げ」が終わるころ、観音堂では盆踊りが始まっていた。笛も太鼓もない。輪になった女たちが声を揃えて歌い、手拍子と下駄を踏み鳴らす音だけで小さな堂内を巡る。女たちはそれぞれ紺地の浴衣を着て、申し合わせたように赤い帯を締めている。どういう謂れがあるのか、腰を屈め背筋を丸め、顔を伏せている。まるで深い闇の中に分け入るように片手を差し出しては進む。女たちの影が堂内に大きく落ちて、踊るにつれて影も巡る。外は深い虫の闇である。やがて、火祭を終えた男たちが加わると踊りは、一気に活気に満ちたものとなった。

峠より闇下りてくる踊唄　井上弘美

（「汀」平25・10）

男たちが朗々と歌い出すと、若い女たちが踊りに加わる。そのうち、踊りは即興の歌詞による男と女の掛け合いとなり、ときどき笑いが起こる。いつの間にか年配の男女は抜けて、若い男女による歌垣が始まったのである。男たちが言葉巧みに女の気を引き、誘うと、女たちは絶妙にはぐらかし、或いは応じる。万葉の時代にさかのぼる、古代の大らかな求愛の場面が再現されたような盆踊りで、そこには産土を共にするものだけが共有することのできる時間が再現されていた。

堂の外では振舞い酒が始まり、誰彼無しに酒が酌み交わされ無礼講となる。若い男たちはみんな、この日のために休暇を取って帰ってくるという。祖父や曾祖父から引き継いだ「松上げ」は、男たちの誇りそのものなのである。

萩《はぎ》まつり

梨木神社

京都御苑の東、清和院御門と寺町通に隣接して、名水と萩で知られる梨木《なしのき》神社がある。この神社は幕末の尊皇攘夷派の公卿三條実萬《さねつむ》、実美《さねとみ》父子の業績を讃えて、明治十八年（一八八五）に創建された。このあたりは藤原良房の邸宅跡で、境内にある「染井《そめのい》」は、平安時代から千年以上もの間、清冷な水を湛えてきた。「染井」は現存する唯一の京都三名水の一つで、「醒《さめ》ヶ井」「県井《あがたい》」が涸れてしまった今、水を汲む人がたえない。

丈の萩分けて径あり深井汲む　原　柯城

（『旅と風土　風雪俳句集』平17）

神社にはおよそ千株の萩が植えられていて、見頃を迎えると境内は紅白の萩に埋もれる。そんな季節、萩を楽しんでもらおうと九月の第三または第四日曜日前後に、「萩まつり」が行われる。祭典では、巫女が紅白の萩を生け、献句の短冊を吊した竹筒に、鈴虫の虫籠を添えて供える。拝殿では、狂言などの古典芸能が奉納され、府市民俳句大会も催される。その俳句は、短冊に書かれ萩に結ばれる。

「萩まつり」が終わって静けさの戻った境内を歩くと、地を這うようにたわわな萩の枝に、色とりどりの短冊が吊されている。こぼれた萩を踏みながら、短冊に記された句を読み歩くと、まだ初学のころ、やはり萩のころにやって来て、一つ一つ短冊を読み歩いたことを思い出す。

短冊を吊るより風の萩となる　柊　愁生

（『ふるさと大歳時記4』）

放《ほう》生《じょう》会《え》

石清水八幡宮

九月十五日は、石清水八幡宮《いわしみずはちまんぐう》で放生会が行われる。歳時記を開くと「八幡放生会《やわたほうじょうえ》」を主季語に放生会・男山祭《おとこやままつり》・八幡祭・石清水祭・中秋祭・南祭《なんさい》・放ち鳥・放ち亀・放生川と多くの傍題季語が記されている。なかでも「南祭」は、「葵祭」を「北祭」と呼ぶことに対するもので、朝廷にとって重要な神事であったことを窺わせる。このことは、「葵祭」「春日祭」とともに、この神事が三大勅祭の一つであることからもわかる。

石清水八幡宮は『徒然草』に登場する「仁和寺《にんなじ》の法師」で知られる。かねてよりの念願叶って石清水八幡宮に参拝した法師が、本殿が山頂にあることを知らず、山の麓にある摂社を拝して帰ったという話である。この話でもわかるように、八幡宮の本殿は男山の山頂に建てられている。創建は貞観元年（八五九）だが、三度炎上し、現在の建築は寛永十一年（一六三四）、徳川家光の造営による。壮麗な楼門ほか、多くの社殿、建築物が国宝や重要文化財に指定されている。男山は京都の南、桂川、宇治川、木津川の三川が合流する地にある。標高一四三メートルと高くはないが、北の山崎にある天王山と対峙する要衝の地で、都の裏鬼門を守護してきた。私は、子どものころから何回も男山を訪れているが、俳句を始めるまで放生会のことは知らなかった。

月明に淀の城下の渡舟《わたし》跡　小島賀寿

（『名所で詠む京都歳時記』）

石清水八幡宮の放生会は、宇佐八幡宮より伝わったもので、養老四年（七二〇）豊後守が隼人遠征で多数を殺戮したため、毎年放生会を修せよとの宇佐大神託宣に始まったとされる。天暦二年（九四八）に勅祭とされ、その後は舞楽や神幸が盛大に行われたが、途絶、再興の歳月を経て明治になって太陽暦が採用されてから、九月十五日と定められた。

この放生会は、十五日の未明二時から始まる。そこで、私は深夜、市内から一人タクシーで男山に向かった。ところが着いてみると、参道には屋台がぎっしり並んでいるものの、一つの灯りもなく誰も居ない。山頂へはケーブルで五分、徒歩でも三、四十分だが、真っ暗で、山頂へ上がる道すらわからない。虫すだく山道を一人で登る勇気はなく、どうしたものかと途方に暮れていると、幸い、参拝する人に出会うことができたのだった。

渡御待つや虫の夜空の男山　本田一杉

（『雲海』昭24）

登り坂と石段に息を切らしつつ山頂に辿り着くと、そこにはすでに大勢の参拝者が居て、楼門も明々と照らし出されていた。午前三時過ぎ、八幡の三神を遷した鳳輦《ほうれん》三基が山頂を出発。松明と提灯の明かりに照らされた山道を、平安装束の神職以下神人と呼ばれる、約五百名の行列が麓の頓宮へと下山するのである。この年は九月十二日が中秋の名月だったので、十五日の夜は居待月。虫時雨の深い闇に、月光が降り注ぐようだった。驚いたのは行列のなかに多数の子どもたちが居たことで、まだ小学校にも上がらないような幼子を含めて、童子、童女、駒形神人と役割を担っているのだった。駒形神人は身体の前後に白馬の模様を結び付けた四人の男児が務める。要するに稚児姿だが、天冠に二人は日象、二人は月象を飾っていた。装束の美麗さからも、この祭が勅祭としての誇らかなものであることがわかる。行列には神楽座も具していて、午前四時ごろには絹屋殿前で里神楽が奏された。

この後、頓宮《とんぐう》において夜明けまで神事が続いた。この日、私は幸運にもその神事に参列することができた。一切は、月光と篝火のみの明かりのなかで進行する。御祭文奏上はじめ夜明けには二頭の神馬が神前に引き出されたり、雅楽が奏奏されたりと、王朝の祭祀を今に伝える極めて典雅な神事だった。

放生会が始まったのは午前八時。祝詞が奏上されるなか、木桶に数匹ずつ入れられた稚魚が放生川へ放たれる。川は清流とは言えないが、秋の日射しに煌めいている。橋の上で胡蝶の舞が奉奏され、参列者も放生に加わってたちまち大量の魚が放された。

浪黒き鰻十荷や放生会　召波

（『春泥句集』安永6）

魚桶に幣の貼りつく放生会　谷口智子

（『名所で詠む京都歳時記』）

放生会そのものは一時間足らずで終わる。しかし、この神事は闇のなかで神々とともに過ごす時間があってこそのものである。夜を徹しての朝の日射しはことのほか眩しく、清々しい。豊穣祈願の稚魚たちは、きらきらと水に沈んでいった。

芋《ずい》茎《き》祭《まつり》

北野天満宮

北野天満宮は学門の神様、梅の名所として知られているが、氏子である私は子どものころから秋の「芋茎（瑞饋）祭」に親しんできた。梅鉢紋の鉢巻きを結び、法被姿で子ども御輿を担いだこともある。当時は家の近くに大きな造り酒屋があり、神輿はその酒屋まで来ると小休止して、大人には酒、子どもにはジュースが振舞われた。そのジュースがとても美しい黄色だったのを思い出す。母が散らし寿司を作ってくれる、もっとも身近な秋祭だった。

「芋茎祭」は、十月一日に神幸祭、四日に還幸祭が行われる。なかでも珍しいのは野菜で作られる「芋茎神輿」で、一日の夕刻から四日の朝まで、北野天満宮の御旅所《おたびしょ》に本来の神輿とともに安置される。

北野天満宮芋茎祭

掃き寄せし芋茎祭の野菜屑
江川　虹村
（『冬月』昭56）

川獺の目は大豆なり瑞饋祭
赤瀬川恵実
（「汀」平24・11）

この神輿は、屋根を芋茎（里芋の茎）で葺き、飾り物一切が野菜や果物、花や海産物で作られる。大きな加茂茄子の鈴だけは作りものだが、稲穂を垂らした房、唐辛子《とうがらし》や赤南瓜《かぼちゃ》、玉蜀黍《とうもろこし》を彩りよく幾重にも吊した瓔珞《ようらく》。毎年図柄の変わる欄間《らんま》や桂馬《けいま》、腰板などに描く人物や動物には野菜だけでなく、湯葉《ゆば》や海苔、麩《ふ》、胡麻《ごま》、水菜や九条葱の種、七味唐辛子なども使われる。「梅に鶯」の梅は輪切りの唐辛子、鶯は茗荷。その茗荷を逆さまにすると鶴。八岐大蛇《やまたのおろち》の真っ赤な舌が唐辛子だったり、桃太郎の太い眉が海苔だったりと面白い。

掲出句の「川獺《かわうそ》」は、絶滅した日本川獺を悼んで描かれたものだ。御輿を見にきている人はみな、細かい細工に感心し、材料を言い合って楽しむ。

おのづから湛ふるひかり草神輿　　竹村由紀子

（「汀」平24・11）

神輿は九月一日の千日紅《せんにちこう》摘みから始まって、約一か月をかけて作られる。三十種にも及ぶ材料も西の京の農家が準備する。

この祭りの起源は平安時代にさかのぼり、西の京に住んでいた神人《じにん》が、収穫した野菜などに草花を挿して重陽の節句に天満宮に供えたことに始まるといわれる。それが、応仁の乱で途絶えた後、豊臣秀頼の時代に復興、このとき、西の京の神人たちは付近の農民とともに八角形の葱花輦《そうかれん》型神輿を作り、瑞饋《ずいき》の音韻にちなんで芋茎で屋根を葺いたのだという。しかし、明治初期に禁止令が出て廃止。これを惜しんだ西の京の人々が各方面に働きかけ、明治二十三年に復活を果たした。現在は、京都市無形民俗文化財の指定を受けている。

幔《まん》幕《まく》を持ち上げ芋茎神輿出す　矢田部美幸

（『名所で詠む京都歳時記』）

神輿揺れ殊に輝く唐《とう》辛《が》子《らし》　高月よし

（同）

京都には洗練された祭が多いが、芋茎祭には土俗的な薫りと素朴さ、そしてユーモアがある。宵宮の露店で買った水笛などをヒュルヒュルと鳴らしながら、子どもたちが芋茎御輿を取り囲んで楽しそうに眺めているのを見ると、祭法被を着た日のことが懐かしく思い出される。

西の京秋は輿よりとどのひぬ　吉田　輝

（「汀」平24・11）

牛《うし》祭《まつり》

広隆寺

大牛を恐るる児あり牛祭　五十嵐播水
（『播水句集』昭6）

摩多羅神乗せたる牛の機嫌よし　棚山　波朗
（『新編　月別　仏教俳句歳時記』）

太秦広隆寺《うずまさこうりゅうじ》には「牛祭」という一風変わった祭が伝わっている。今宮神社の「やすらい祭」、鞍馬の「火祭」と並ぶ京都の三大奇祭の一つで、「太秦の牛祭」として歳時記に立項されている。祭の主役は「摩多羅神《まだらじん》」で、これも季語。この奇妙な名前の神が赤鬼、青鬼の四天王を従え、牛に乗って登場するのである。

十月十日の午後八時、摩多羅神は客殿の庭で牛に乗ると、高張提灯や松明、神灯に照らされ、囃子方など総勢六十人を従えて西門を出る。そして、山門の前を素通りして再び東門からおもむろに入ってくる。

牛は赤い紐や房で麗々しく飾られ、乗っている摩多羅神は紙の行灯冠をかぶり、白い紙の仮面を付け、白い浄衣を着ている。その仮面が異様に大きく、平べったい顔に目と口が小さく、三角形の鼻だけが突出している。神というにはどこかとぼけた表情で、どうにも捉えどころがない。やがて摩多羅神は牛から降り、祭壇で祭文《さいもん》を読み上げるのだが、これがまたいつ果てるともなく長い。独特の節をつけて読むこと約一時間。読み終わるやいなや青鬼、赤鬼を引き連れて堂内に突入。それで祭は終わるのである。しかし、『滑稽雑談』には、祭文を読み上げたあと、摩多羅神が、冠や面を投げ捨てて堂内に入ると、人々がそれを奪い合ったことが書かれている。現在は冠や面を外すことなく堂内へ駆け込むから、その意味がわからないのであって、人々の関心は投げ捨てられる冠や面にあったのではないだろうか。

油断して京へ連《つれ》なし牛祭　召波

（『春泥句集』安永6）

牛祭火焔わななく松の幹　辻田克巳

（『明眸』昭48）

「牛祭」はもともと陰暦九月十二日の夜、戌の刻に行われていた。現在の午後七時から九時ころである。悠長な祭りであるから、太秦から京への帰りは随分遅くなったのだろう。ひっそりとした夜道を歩くには、話し相手が欲しい。召波の句からは、そんな様子が窺える。

祭りの起源については、平安時代に恵心僧都が仏法守護のために勧請したとも、当寺を創建した秦氏を祀る大酒神社の祭りとも伝えられていて、古い伝統を持っている。ところが、明治初期に一端途絶えたのを、富岡鉄斎が自ら復興趣意書を書いて復活。陽暦の十月十二日（のちに十月十日）に行われるようになった。私は幸運にも一度だけこの奇祭を見たのだが、現在はまた中断している。

消し廻る灯に果て行くや牛祭　大谷句佛

（『句佛俳句集　我は我』昭13）

赦《しや》免《めん》地《ち》踊《おどり》

秋元神社

洛北八瀬に、「赦免地踊」と呼ばれる一風変わった踊りが伝承されている。豪華な花小袖で女装した八人の少年が、高さ約七十センチの切子灯籠を頭に置いて行列するのである。少年たちは「灯籠着《とろぎ》」と呼ばれる。切子灯籠は八角形で、各面に武者や鳥獣などを細密画のように透かし彫にした、赤い紙が貼り付けてある。それは意匠を凝らした芸術品といえる逸品で、毎年新しい図柄が考案され、小刀一本で数か月かかって彫られる。

十月の第二日曜の夜八時、行列は八瀬小学校を出発する。十人頭を先頭に、赤い小袖に大きな花笠をかぶった少女十名、そして灯籠着の少年八名、音頭取りや警護の人々が秋元神社まで、およそ三十分をかけて練り歩く。

八瀬は比叡山の麓に位置する自然環境の豊かな地で、ここからケーブルとロープウエイを乗り継ぐと十五分ほどで山頂に着く。夏でも市街地に比べると気温が低く、十月ともなるとひっそりとして夜は闇が濃く、風が冷たく感じられる。

行列に付いて住宅街を抜け、神社に向かう。行列が到着すると、境内はすべての明かりを消すので足元も見えない。少女たちが手にしている赤い提灯と、少年たちの頭上の灯籠の明かりだけがゆらゆらと揺れている。神社への石段を登るとき、先頭の十人頭が集まった人々のざわめきを鎮め、音頭取りが「道歌《みちうた》」を静かに歌い出す。太鼓だけを伴奏にした、荘重な歌である。まだ残っている虫たちの声がしみじみとした情緒を添える。「赦免地踊」は秋元神社へ奉納するもので、華麗にして厳粛な行事なのである。

灯籠踊霧にともして出を待てる　北川わさ子

（『新編　月別　祭り俳句歳時記』）

赦《しゃ》免《めん》地《ち》の切子重たき踊かな　内山　芳子

（『名所で詠む京都歳時記』）

秋元神社に祀られているのは、秋元但馬守喬知《たかとも》で、五代将軍綱吉の時代の老中である。八瀬は、昔から皇室との関係が深い。南北朝時代、延元元年（一三三六）に後醍醐天皇が比叡山に逃れるときに、八瀬の里人が駕輿《かよ》を担いで無事山頂までお送りした。その功によって、八瀬の里人は永代地租免除の特権を与えられ、のちには八瀬童子として禁裏御用を勤めたと伝えられている。ところが、江戸時代に入って宝永四年（一七〇七）に、突如として比叡山との間に土地の所有権に関しての争いが生じ、寺からは石標を立て連ねて八瀬の人々が登って来ることを禁じたのであった。山林の柴や薪を採ることを生活手段としていた村人は途方に暮れた。幕府に訴えても、取り上げてもらえない。やむなく人々は時の老中秋元但馬守に愁訴した。やがて、但馬守から温情ある書状が届き、従来通り租税は免除となり問題は解決をみた。人々は喜んで江戸へお礼を申し上げるべく出向こうとしたが、但馬守は故あって自尽してしまうのである。一説にはこの件が原因で自尽したとも伝えられている。

そこで、人々は秋元神社を祀り、霊を鎮め恩に謝するために「赦免地踊」を奉納するようになったのだという。切子灯籠は、精霊の依り代であるともいわれる。

灯籠着の少年たちは、境内に組まれた櫓のまわりを静かに巡り、少女たちは特設舞台で「汐汲み踊」や「花摘み踊」を奉納する。桜の花をちりばめたような華やかな花笠、その周囲に提げられた金色の小さな短冊。白い脚絆《きやはん》に赤い紐の草鞋《わらじ》。山里の素朴さを残しながら、三百年という時をかけて磨かれた「赦免地踊」には、八瀬の里の人たちの誇りと、深い鎮魂の意が込められている。

次の塩見氏の句には、その鎮魂の意が「冷え」として捉えられている。

赦免地の冷えつのりくる踊かな　　塩見道子

（『嵐山』平15）

時《じ》代《だい》祭《まつり》

平安神宮

十月二十二日は時代祭。京都三大祭を締め括るこの秋祭は、平安神宮の例祭である。平安神宮は明治二十八年（一八九五）、「平安奠都《てんと》千百年記念祭」が行われたときに、桓武天皇を祭神として創建された。そのとき、記念行事の一つとして行われたのが、「時代祭」である。

第一回は十月二十五日に実施。委嘱を受けた専門委員たちの時代考証に基づいて、行列図案を画いたのは若き日本画家竹内栖鳳だった。現在に比べると小規模だが、時代風俗行列が華やかに繰り広げられたのである。そのとき、広く市民が参加し運営、維持できるように「平安講社」が設立された。翌年からは、桓武天皇が遷都を行った十月二十二日を祭礼の日とし、次第に規模も大きくなっていった。

時代祭は御所から出発する行列だけが知られているが、当日は朝七時から平安神宮で神事を行い、続いて神幸祭が執り行われたのち、鳳輦が御所に到着する。時代祭の行列は、その還幸祭なのである。行列が御苑の建礼門を出発するのは正午。現在は参加者二千人、使用される衣装、調度、祭具類の数一万二千点、行列の長さは約二キロにも及ぶ。

時代祭神馬の腹の掌にぬくき　大塚　康子

（「汀」）平26・12

維新勤王隊列

時代祭の先頭を行くのは、白鉢巻きを結び、官軍の新式軍装を身に付けた鼓笛隊である。「ピーヒャーラ・ドンドンドン」という勇ましい音色は、時代祭の幕開けにふさわしい。当初、この勤王隊は「山国隊」といって、丹波国北桑田郡山国村の郷士たちが務めていた。彼らは明治元年（一八六八）の戊辰戦争東北征討に馳せ参じた郷士たちが伝承していた軍楽を演奏したのである。その数約百五十名という大軍楽隊であった。しかし、経費の問題などさまざまな困難があって、現在は京都市内の担当小学校区が継承。少年たちが定期的に練習して務めている。

大路はや時代祭の鼓笛隊　小島國夫
（『草雲雀』平4）

おのが影時代まつりの影の中　代田幸枝
（「汀」）平24・12）

徳川城使上洛列・江戸時代婦人列

格式高い〝大名行列〟を再現したのが「徳川城使上洛列」で、総勢二百人。主役の城使は大名にふさわしく、黒縮緬の羽織を着て、螺鈿蒔絵鞍《らでんまきえぐら》の馬に乗っている。その先頭を行くのが奴で、掛け声とともに毛槍を軽々と手替《てがわり》に投げ渡しつつ、派手な仕草で道中を行く。ショー的要素の少ない行列のなかで、もっとも晴れやかなパフォーマンスを見せてくれるのがこの奴たちで、沿道の人々から拍手が起こる。高浜年尾の次の句は、時代祭を詠んだ句のなかで、もっともよく知られているのではないだろうか。

時代祭華か毛槍投ぐるとき　高浜年尾
（『年尾句集』昭32）

「江戸時代婦人列」は昭和二十年代に整えられた。歌人の大田垣蓮月、池大雅の妻で画家の玉蘭、華やかな衣装比べに黒羽二重の小袖を着用し、その奇抜なアイデアで一躍名を馳せた中村内蔵助の妻、網代笠をかぶった旅姿の出雲阿国など、髪型から簪《かんざし》、持ち物に至るまで考証に基づく。なかでも皇女和宮は、文久元年（一八六二）の将軍家茂に降嫁する前の十六歳の姿で、あでやかな緋縮緬の振り袖に、紺絽の御所被衣《かずき》をかぶって楚々としているのが印象的だ。

時代祭を「汀」の歳時吟行で観たのは、平成二十六年。この日は朝から曇り空で雨が心配されたが、祭りは決行。ところが、行列が御所を出発して間もなく雨が降り出したのであった。雨は次第に強く、沿道の人は傘を開いたが、行列の人々は避けようもなく濡れていた。そんななかで、ひときわ気高く、平然と顔を上げていたのが皇女和宮だった。

時代祭雨を懼れず和宮　森宮 保子

（「汀」平26・12）

中世婦人列・平安時代婦人列

これらの婦人列も、昭和二十年代に整えられた。「中世婦人列」の先頭を行くのは侍女を伴った淀君、続いて『十六夜日記』の作者阿仏尼は、所領争いを幕府に訴えるために京都から鎌倉へ向かう旅姿で、懐に訴状を入れている。次は静御前で、立烏帽子《たてえぼし》をかぶった白拍子姿。「平安時代婦人列」の先頭は、木曾義仲の寵を受けた巴御前で、武勇に優れていたことから、

平安神宮時代祭の皇女和宮

女性でただ一人馬に乗っている。しかも乗っているのは白馬で、薙刀《なぎなた》を持った颯爽とした姿で沿道の人々を湧かせる。その後ろは建礼門院に仕えた横笛。恋する斎藤時頼を嵯峨の往生院へ訪ねる旅姿で従者はいない。続いて常盤御前は平治の乱に敗れて夫、義朝亡きあと、三人の子どもの助命を乞うために平家の館へ向かう旅姿で、当時二十三歳。懐に一歳の牛若を抱き、七歳の今若、五歳の乙若を連れている。その次に登場するのが清少納言と紫式部で清少納言は十二単の正装、紫式部は略装の小袿姿である。さらに紀貫之女《むすめ》、小野小町、和気広虫と時代がさかのぼる。

　私は幼いころ、祖母に連れられてよく時代祭を見た。祖母は特に女人列に思い入れが深く、眼前を行く皇女和宮や淀君、静御前や常盤御前などについて、その身に負った生涯を感に堪えないように語るのだった。

遠き世の女人となりて時代祭　熊口三兄子

（『名所で詠む京都歳時記』）

舞楽の列・神幸列

時代祭の最後を飾るのは「舞楽の列」「神幸列」である。迦陵頻伽《かりょうびんが》（好声鳥）の童子二人は桜花飾の天冠をかぶって、迦陵頻伽の羽根形を負い、胡蝶の童子二人は山吹花飾の天冠をかぶって、胡蝶の羽根形を負っている。その後ろを笙《しょう》、篳篥《ひちりき》などを持った狩衣姿の楽人が行き、もっとも重要な「神幸列」である孝明天皇と桓武天皇の二基の鳳輦が行く。維新の大業を果たした威徳を讃えて、昭和十五年に孝明天皇が合祀されたことにより、鳳輦が二基になったのである。これによって、時代祭の性格は明らかである。時代風俗絵巻によって、京都が都であったことを物語っているのである。

殿《しんがり》の時代祭の笙の笛　菖蒲あや

（『地名俳句歳時記』）

京都御所を正午に出発した行列は、烏丸通、御池通、三条通、鴨川を渡って神宮道を通り、午後三時ごろ平安神宮に至る。その距離約四・五キロである。

惜しみなく地擦る束帯時代祭　　西本一都

（『西本一都集』昭53）

縦に見て時代祭はおもしろし　　後藤比奈夫

（『庭詰』平8）

葵祭は平安以来、貴族中心の優美な祭りとして洗練され、祇園祭は室町以来、町衆中心の豪華な祭りとしてその心意気が示されてきた。そして、時代祭は明治以来、市民中心の祭りとして創意工夫が重ねられてきた。豪華絢爛たるそれぞれの祭りに、かつての都、京都の誇りが息づいている。

鞍《くら》馬《ま》の火《ひ》祭《まつり》

由岐神社

　時代祭が行われる十月二十二日の夜、鞍馬は「サイレイ、サイリョウ」の囃《はや》しことばとともに火祭の炎に包まれる。大小の松明が作り出す、華麗で豪快な火祭とあって、狭い鞍馬街道には深夜まで熱気が込もる。

　この祭りは鞍馬寺の鎮守社の由岐《ゆき》神社の祭礼で、京都三大奇祭のひとつ。千年以上の歴史を誇る祭りで、天慶三年（九四〇）九月九日、平安京の内裏に祀られていた「由岐大明神」を、朱雀天皇の詔によって鞍馬の地に遷宮したことに始まる。そのときの行列は鴨川の葦で作った篝火を焚き、長さ一キロに及んだという。鞍馬の里人はこれに感激し、以来九月九日（現在は二十二日）に火祭によって儀式を再現し、由岐明神の霊験《れいげん》を伝えてきたのである。

鞍馬火祭の神輿

鞍馬街道に夕闇が降りてくる午後六時、「神事《じんじ》にまいらっしゃれ」の声によって、氏子町内の各家では一斉に門口に篝火を焚く。それを合図に子どもたちは小松明、少年たちは中松明を担ぎ、火の粉を撒き散らしながら街道を練り歩く。その姿が独特で、幼い子どもや少年たちは美しい絵柄の襦袢を羽織り、前掛けに武者わらじを履き、肩に白い布を掛ける。

あるとき、家から飛び出してきた少年が松明を担ごうとすると、母親らしき人が呼び止めて、手折った南天の葉を腰に挿したのを見たことがある。「難を転ずる」まじないで、締め込み姿の青年たちも腰に南天の葉を挿している。

家々の篝火に照らされて、街道を行き来する中小の松明。松明は小さいものでも約三十キロ、中松明で約六十キロもある。沿道の人々は少年たちの凛々しい姿に盛んに声援を送る。女の人たちは手松明をかざして歩く。
幼い子どもや少年たちが祭りを盛り上げて、八時ごろになると、青年や大人たちが重さ百キロ、約四メートルもある大松明を数人で担ぎ出す。「サイレイ、サイリョウ」と囃しながら、何本もの大松明が街道を練り歩くと、火の粉が滴るように落ちる。
十月も末の鞍馬は上着を着なければ寒いくらいに冷えるが、松明を担ぐ男たちは、締め込み姿に襦袢を羽織っているだけだ。その艶《あで》やかで勇壮な姿が火祭をいっそう盛り上げ、松明に付いて歩く人々を酔わせる。松明の作り出す炎の色と匂いが、しだいに街道全体を恍惚とした雰囲気に包み込んでゆく。

火祭のゐさらひ美しき漢かな　　橋本　榮治

（『放神』平20）

火祭の空ゆく火とも這ふ火とも　　井澤　秀峰

（「汀」平26・12）

午後九時過ぎ、鞍馬寺仁王門前の石段の下に大小三百本余りの松明が結集すると、「サイレイ、サイリョウ」と手拍子を打っての大合唱になる。ここからが火祭の見所で、それを一目見ようと人々が集まる。街道にはロープが張られ、身動きもできない。「サイレイ、サイリョウ」

の声が最高潮に達したところで神事があり、石段の奥に張られた注連縄が切り落とされる。結集していた松明が一所に投げ捨てられると、三百本余りの松明の炎が、一つの火焔となって夜空に吹き上がる。山間《やまあい》の空に吸い込まれるように火の粉が高々と舞い上がるのである。その巨大な炎に沿道にひしめく人々が歓声を上げ、降り来る火の粉を払ったりしていると、神社に駆け込んだ男たちが、二基の神輿を担いで石段を降りてくる。

ゆっくり降りてくる神輿の後ろには赤い鎧《よろい》に身を包んだ青年が立ち、前の担ぎ棒には成人式を迎えた二人の青年がぶら下がり、逆さ大の字になって大きく足を開く。これがチョッペンと呼ばれる成人の儀式で、初めて見る人は官能的ともいえるアクロバティックな儀式に驚く。

そのころ、街道の上手からは鞍馬太鼓を鳴らしながら、剣鉾の行列がやってくる。その太鼓の音が地響きがするようにだんだん近づいてくると、今度は剣鉾がゆらりゆらりと、妖しいような鈴音とともにやってくるのである。

火祭や焔の中に鉾進む　　高浜 虚子

（『虚子京遊句録』昭40）

虚子が火祭を見たのは、明治三十七年である。現在は街道沿いの家々は、夕刻から祭りが終わるまで篝火を焚く。しかし、虚子が訪れたころは、街道に「大がかりな燎火をふんだんに燃やした」ことが『虚子の京都』に書かれている。掲出句は細い鞍馬街道に炎が溢れるなか、高々と剣鉾が進む様子を捉えている。年譜によると、虚子は松根東洋城たちと火祭を見、翌日は比叡山の横川《よかわ》で月を眺め、さらに翌日、坂本に降りて琵琶湖で湖上の月を眺めている。

ところで、この「剣鉾」については、次のような指摘がある。『京のまつりと祈り』によれば、鞍馬の火祭は「多くの松明と二基の神輿、八本の剣鉾が出る祭礼」で、今日では「松明だけが有名」になったが、かつては「神輿と剣鉾」がこの祭りの主役であったと思われるというのである。まず、二基の神輿が出るのは、御所に祀られていた由岐大明神をこの地に迎えたことと、そのとき、鞍馬の人々が八所明神《はつしよ》を神輿に乗せて迎えたことによる。著者の八木透氏は、この八所明神は八所御霊と何らかの関係があるのではないかと考えるのである。「八所御霊は、早良親王をはじめとする平安初期の八人の御霊たちであり、祇園御霊会の祭神と同様」ということになる。祭りには四本の支柱で支える「四本剣鉾」と呼ぶ独特の形をした剣鉾が八基出されるのだが、「その背景には、もともとこのまつりが御霊会の性格を有していたからではないか」と氏は考えるのである。

山門を降りてくる二基の神輿と、それを迎えるように街道をやってくる八基の剣鉾。鞍馬の仁王門には聖と俗が一体化したような妖しいエネルギーが渦巻く。それは由岐明神と八所明神が秘めている力とも、鞍馬の闇が秘めている力とも思える。

降りてきた神輿は車に乗せられ、氏子町を七回半巡り、御旅所に安置される。田中王城の次の句に、以前は夜が白むまで続いたといわれる火祭をしのぶことができる。

骨となる松明鞍馬祭かな　松之元陽子
（「汀」平26・12）

火祭やほのあけそめし鞍馬山　田中　王城
（『王城句集』昭15）

冬

京都の歳《さい》末《まつ》

南座

南座顔見世のまねき

十一月の下旬、南座に勘亭流のまねきが掲げられ、東西の役者が名を連ねると、初冬の京都の町は一年の終わりの華やぎに包まれる。

顔見世の楽屋入まで清水に　中村吉右衛門

（『吉右衛門句集』昭22）

以前、まねきの上がった南座の写真を撮る必要があって、四条通を挟んで南座を眺めた。そのとき、見慣れているはずの南座が懐かしく胸に迫った。「顔見世」は舞台装置も衣装も、そして地方《じかた》も、普段の舞台とは桁違いの晴れやかさだ。何度か花街の芸妓連の総見に出会ったことがある。桟敷にずらっと芸妓たちが並ぶと、花道がいっそう華やかになって舞台が盛り上がる。そんな顔見世ならではの舞台を観るために、観客も着飾って出掛ける。母に帯を結んでもらって、いそいそと南座に赴いた日のことが胸をよぎった。

南座に招きが上がり百合鷗　梶山千鶴子

（『墨流し』平18）

顔見世の京に入日のあかくと　久保田万太郎

（『流寓抄』昭33）

「顔見世」の季節になると、鴨川には百合鷗《ゆりかもめ》や鴨が飛来し、四条大橋を寒風が吹き抜ける。時雨の降りやすい京都は、冬の虹も立ちやすい。鴨川を挟んで東西に大きな虹が掛かると、なだらかな東山は虹をかむったようになる。

東福寺正覚庵の「筆供養」、嵐山法輪寺の「針供養」、東寺の「終《しま》い弘法」、北野天満宮の「終い天神」。京都の町は一つ一つの行事を人々とともに執り行い、一年を丁寧に締め括って新しい年を迎えるのである。

顔見世の招きの誰もつつがなく　榎本　好宏

（『平成名句大鑑』平25）

※南座は現在工事中で、顔見世は別の場所で公演しています。

鯉《こい》揚《あ》げ

広沢の池

年の暮嵯峨の近道習ひけり　太祇

（『太祇句選』明和9）

冬枯れの嵯峨野で行われる「鯉揚げ」は、京都の冬の風物詩になっている。十二月初旬に、広沢の池の水が少しずつ抜かれると、幾筋かの水流を残して池底があらわになる。一年をかけて育てられた鯉や鮒が、池底に作られた小流れを伝って、生け簀に集まってくるのである。

一条通に面する池の南側には、大きな生け簀がいくつか組まれ、鯉や鮒、諸子《もろこ》などが大小に仕分けされる。どの生け簀にも魚が溢れていて、冬の日射しを浴びてきらきらしている。

祇園より鯉の買手や池浚へ　板谷　芳淨

（『新京都吟行案内』）

人々は、その鯉や鮒を正月料理に買い求めようとやってくる。車で来る人、自転車で来る人。どの人も、池の端に立って生け簀を見下ろし、「鯉一匹ちょうだい」などと大きな声を掛ける。池底はかなりの深さで、長い梯子が掛けられているが、降りて行くことはできない。池底には魚を商う人々がいて、注文を受けると大きさの希望を聞いて、たも網で掬っては客に見せる。この、池の上と下で交わされるやり取りがなかなか面白い。諸子や川海老の料理法を聞いて帰る人もいる。台秤で量って値段が決まると、鯉などはそのまま紙袋に抛り込み、梯子を上って客に手渡される。万事おおざっぱで豪快なところがいい。

私は魚を買ったことはないけれど、京都にいたときは毎年出掛けていた。あるとき、大きな鯉を買った人に、袋を覗かせてもらった。袋は魚の餌が入っていた分厚い紙袋で、薄暗い袋の底に冷え切った鯉がひっそりと入っているのだった。その人は袋の口を無造作に畳んで、「鯉は強いから、こうやって持って帰っても大丈夫。持ってごらん」と抱かせてくれた。両腕で抱えると、ずっしりとした重みとともに、びくびくとした鯉の動きが、生々しく伝わってくるのだった。

鯉揚げて枯草に泥したたれり　南うみを

（『南うみを集』平28）

なかなかの鯉のあげられ池普請　嶽下武昭

（「汀」平25・2）

鯉揚げの池くろぐろと底冷す　松田光次

（同）

京都の師走は底冷えが厳しいが、涸池を渡る風はいっそう冷たく、ときおり雪を運んできたりする。雪はそのまま吹雪になって、生け簀を覆うこともある。日陰の緩やかな水流には氷が張っている。数十分いるだけでも凍えそうな寒さなので、生け簀の傍には大きな火が焚かれている。生木や板や枯葉から、池底に沈んでいたものまで、雑多なものが投じられるので煙が濁っている。長靴に毛糸帽の人々が、ときどき冷え切った身体を温めにきては談笑し、また生け簀にもどってゆく。

冬空に威銃《おどしづつ》が鳴ると、その音が池底に反射し、餌を求めて集まってくる白鷺の群れが、ゆらゆらと飛び立つ。鷺たちは何度でも、池底に降りてくる。おおらかで、野趣に富んだ歳末の風景である。

よく跳ぬる鯉より売れて池普請　阪上多恵子

（『新京都吟行案内』）

鯉揚げの鯉抱へ行く寒暮かな　大矢　直子

（「汀」平25・2）

大《だい》根《こ》焚《だき》

了徳寺

大根焚などといふこと西にあり　細川　加賀

（『玉虫』平1）

十二月九日、十日は鳴滝の了徳寺で「大根焚」が行われる。「大根焚」は歳時記に搭載されている季語だが、京都だけで行われる冬の風物詩である。右の細川加賀の句は、句集では、自宅で夕食に大根を食べているらしい句と並んでいる。「などといふこと」という表現に、ふと「そう言えば西に大根焚という行事があった」と思った味わいがよく出ている。

了徳寺は普段はひっそりとした小さな寺院だが、「大根焚」の大根を食べると中風にならないというので、この二日間は大勢の参拝者が訪れる。私は冬らしい気分を味わいたくて、以前は毎年出掛けていた。寺へ向かう小路には山茶花や石蕗が咲き、絣《かすり》のもんぺに姉さんかぶりの「酢茎売り」なども出て、師走に入った京都が実感できるのである。

この行事は、建長四年（一二五二）に親鸞聖人がこの地を訪れたとき、村人たちが大根を塩煮にしてもてなしたことに発すると伝えられている。そのとき、上人は庭の芒で「帰命尽十方《きみようじんじつぽう》無碍光如来《むげこうによらい》」の十字の名号を書いて残されたという。以来、「すすきの名号」を徳として報恩講を行ったのが、「大根焚」として知られるようになったのだという。

火奉行の薪の按配大根焚　宮崎きくを

（「汀」平28・2）

俎板の干され燻され大根焚　神山妙子

（同）

門を入ると境内には大根が山積みされ、いくつもの大鍋から湯気が立ち上り、切ったばかりの大根が大樽に盛って並べてある。なにしろ、二日間で三千本の大根が振舞われるという。この大根は府下亀岡市篠町産の青首大根で檀家の寄進による。立ち働く門徒の人々の活気と、煮大根の醬油の匂いで、寺全体が温かい雰囲気に包まれている。

食べ終へし碗からも湯気大根焚　中村与謝男　（『楽浪』平17）

大根焚人込に燭揺らぎづめ　大串　章　（『朝の舟』昭53）

本堂の端から端まで並べられた机を前に、全員が大根を食べている光景は壮観だ。やわらかく煮たぶつ切りの大根に、大きな揚げが添えられて千円。冷えた身体が温まる。食べているのはほとんどが年配の女性だが、幼児に食べさせている若い母親もいる。まるで大家族で食事をしているような、和やかなひとときである。

法悦の輪のさんざめく大根焚　大石　悦子　（『群萌』昭61）

日だまりは婆が占めをり大根焚　草間　時彦　（『淡酒』昭46）

柚《ゆ》子《ず》湯《ゆ》

水尾

鷹流れたり一村の柚子照らふ　　大野林火

（『飛花集』昭49）

十二月二十二日のころ冬至を迎える。この日は、粥や南瓜《かぼちゃ》を食べたり、柚子湯に入ったりして無病息災を祈願する。

ＪＲ嵯峨野線の保津峡駅から約四キロの道を水尾川沿いに行くと、愛宕山の西南麓に隠れ里のように柚子の里、水尾《みずお》（「みずのお」とも呼ぶ）がある。村に近づくと柚子の香が漂い、たわわに実った柚子畑が見えてくる。村全体が柚子畑に囲まれているような、ひっそりと美しい山里である。この村では、十軒の農家が柚子湯と鶏の水炊きで来客をもてなしてくれる。地鶏の水炊きも美味しいが、何より湯舟に浮かべた晒しの袋に、柚子がふんだんに入っていて、心ゆくまで柚子風呂を楽しめるのが嬉しい。

柚子風呂に逸楽の日のごとゐたる　　福永耕二

（『踏歌』昭55）

ここは古くから山城と丹波の要路とされ、平安時代には京都七大寺の一つ水尾山寺があった。元慶四年（八八〇）に清和天皇が入寺、のちの円覚寺となる。

村には水尾川を挟んで「清和天皇社」と「清和天皇陵」があり、今も人々によって掃き清められている。ことに「清和天皇陵」は、この地の風光を愛した天皇が、自ら「ここを終焉の地と定む」とされたこともあって、村全体を見渡せる位置にある。私が訪れたときは、陵への山道に冬苺がやさしい実を付けていた。陵は大樹に護られるように閑《しず》かで聖域そのもの。風が音をたてて、哀しいほど隅々まで村が見渡せるのだった。

山垣にかくれごころの柚子湯かな　　上田五千石

（『琥珀』平4）

一切をひき受けてをり白障子　　手塚　京子

（「汀」平28・2）

柚子の収穫の季節に村を訪れると、畑には摘んだばかりの柚子を入れた籠がいくつも置かれていて、随所で柚子を売っている。あるとき、ひと時雨した柚子畑を歩いていると、樒《しきみ》をどっさり担いだ女の人がやってきた。樒が冷たく濡れている。尋ねると、愛宕山への参拝者用に伐ったものだという。

私が初めて水尾を訪れたのも、愛宕山に登った帰りだった。愛宕山を中心に、紅葉の名所の清滝や高雄は東側、水尾は西側の位置になる。山から降りてくると、秘境のように柚子の里があって、柚子畑がどこまでも続いているのに感動したのを覚えている。まだ二十代のころのことである。

水の尾の柚子を使ひぬ冬至の湯　　落合　水尾

（『名所で詠む京都歳時記』）

水尾は春には梅が咲き誇る。秋冬の柚子風呂に代わって、春夏は香草風呂が訪れる人を楽しませてくれる。

終《しま》い天神《てんじん》

北野天満宮

十二月二十五日は終い天神。北野天満宮の長い参道には暦売りや飾売りなど、歳末らしい露店が軒を連ね、迎春用品を求める人々で終日賑わう。社務所前で、正月用の大福梅が授与されるのも、「天神さん」らしい。

面白いのは、そんな年の市の賑わいのなかに、莫蓙一枚広げるでなく、石段に座り込んでわずかな真綿を売っている老人がいたり、派手な身振りで角材を削って見せる刃物売りなどがいたりすることだ。人だかりを覗いてみると、蛇とマングースを入れた箱を見せ物に、男が妖しげな薬を売っている。こういう、聖俗入り混じった、雑多なものが集まって強いエネルギーを発散させているところが、「終い天神」の魅力だ。

『新京都吟行案内』）

薬酒売り蛇は湯たんぽ宛てがはれ　木下　悦女

あれはいつのことだったか、まだ京都の高校に勤めていたころ、演劇部の生徒たちと一緒にやってきて、古着を大量に買ったことがあった。卒業公演に『新釈源氏物語』を演じることになり、古い着物が必要になったのだった。

一番大変なのは末摘花の衣装で、豪華絢爛にして古色蒼然《こしょくそうぜん》たる打ち掛けが必要だった。本当は王朝の衣装にしなければならないが、着物を揃えるだけでも難しかった。そこで思い出したのが、天神さんにいつも店を出している古着屋だった。予算が無いので事情を説明すると、必要なだけ持っていっていいと言ってくれた。生徒たちは大喜びで着物をあさり、役柄に合わせて好きな着物を手に入れた。問題の末摘花の衣装は、衣紋《えもん》掛《か》けに広げてあった鶴の刺繡のある婚礼用の打ち掛けを、たしか二千円で買った。

ビニール袋に詰め込んだ着物を抱えて、生徒たちと歩いた終い天神。今でも、天神さんに来ると、その古着屋のおばさんの顔と、鶴の打ち掛けを思い出す。

錦《にしき》市《いち》場《ば》

錦小路

「姉《あね》・三《さん》・六角《ろっかく》・蛸《たこ》・錦《にしき》……」。京都の人々は、町の東西の通り名をこんな風に歌で覚えている。北から南へ、姉小路《あねやこうじ》通、三条通、六角通、蛸薬師《たこやくし》通、錦小路通…と東西に走る大小の通り名を覚える知恵である。その錦小路通の一部は、西は高倉通から東は寺町通まで、「京の台所」と呼ばれる市場になっている。錦市場は、京都の繁華街にあって、道の両側に八百屋や魚屋、乾物屋など名代の専門店が軒を連ねている。近年は観光客が多いことから、市場の雰囲気も変わりつつあるが、それでも錦を歩くと京の旬の食材がたちどころに揃う。

十二月三十日。大晦日を明日に控えた「錦市場」は、正月料理を準備する人で歩くこともできないほど賑わう。私は人混みを承知で、毎年この日に「錦」に出掛けている。水槽の中の河豚《ふぐ》や、吊るされた鮟鱇《あんこう》、ときどき跳ねる車海老や大きな松葉蟹。京都の雑煮には欠かせない白味噌、削ったばかりの鰹、そしてまだ柔らかい丸餅。十数センチくらいの長さの祝大根も、雑煮には無くてはならない。それらをいそいそ買い求める人々で、歳末の「錦」には、活気と懐かしさがある。呼び込みの大きな声が飛び交うなかに身を置いていると、一年が終わるという思いがしみじみと実感される。

臘月や錦市場に鯛の粗《あら》　岡井省二

（『大日』平12）

錦御幸町《ごこまち》の四つ角には、酢茎売りや飾売りが出て、歳晩の気分を盛り上げる。酢茎売りは上賀茂あたりからやって来て、姉さんかぶりに絣のもんぺ姿で大きな酢茎桶を据える。飾売りは青々となった縄や歯朶《しだ》、楪《ゆずりは》、橙などを所狭しと広げて、次々と大小の飾りを作っていく。夕暮れになると、飾売りの屋台に裸電球が灯り、冷え切った歳晩の町を煌々と照らし出す。

軒借りて錦はづれのすぐき売　松田うた

（『名所で詠む京都歳時記』）

おけら詣《まい》り

八坂神社

くらがりに火繩賣る子の聲幼な　大橋越央子

（『野梅』昭25）

十二月三十一日午前零時。一時間前から歩行者天国になった四条通を八坂神社に向かって歩いて行くと、祇園一力あたりで前に進めなくなった。

八坂神社の参道が狭いので、歩行者の規制をしているのだった。何度信号が変わっても進まない。戻ることも迂回することもできない。家族連れもカップルも、みんな凍えながら文句も言わず佇んでいる。あとでわかったことだが、そのとき、八坂神社のすぐ近くの知恩院で除夜の鐘を撞くのを、ＮＨＫの「ゆく年くる年」が中継していたのだ。久しぶりにやってきた「お

八坂神社のおけら詣り

けら詣り」は、予想をはるかに超える人波だった。

子どものころは、毎年、年越し蕎麦を食べてから、両親と「おけら詣り」に出掛けた。当時は結い上げたばかりの日本髪で参拝する女性が多く、子ども心にも、深夜、軒を連ねる露店の灯りのなかで見る簪《かんざし》や晴れ着は妖艶で美しかった。参道には「吉兆縄」を売る店がいくつも出ていて、威勢のいい売り声が聞こえていた。

「おけらまいり」の正式名称は、「祇園削掛《けずりかけ》の神事《しんじ》」という。『増山の井』（寛文七）や『番匠童はなひ大全』（元禄四）に搭載されている由緒ある季語である。八坂神社では大晦日の午後三時から大祓式、午後七時から除夜祭を行う。その後、古式にのっとって火きり臼と火きり杵で作りだした御神火を境内に吊るされた灯籠に点す。参拝者はその火を、「吉兆縄」に移して持ち帰るのである。「吉兆縄」は竹の繊維でできていて、授かった火が消えないようにくるくる回しながら持ち帰る。マッチなどのなかったころは、一年中種火を絶やすことがなかったから、この火を古い火と交換して、一年間大切に守ったのである。

白朮《おけら》火の一つを二人してかばふ　西村　和子

（『夏帽子』昭58）

白朮火を傘に守りゆく時雨かな　大谷　句佛

（『句佛句集』昭34）

一月一日の朝五時からは白朮祭がおこなわれる。本殿の御神火を削り掛けの木片（檜の削り屑）に移し、参拝者が願い事を書いたおけら木と、薬草のおけらの根を混ぜて、三基のおけら灯籠に点す。久しぶりに行ったおけら詣りでは、参拝客は溢れているのに、おけら灯籠の周囲はひっそりとしていた。午前二時、底冷えの町は、新年のつややかな闇に包まれていた。

鳥居出てにはかに暗し火縄振る　日野　草城

（『花氷』昭2）

除《じょ》夜《や》の鐘《かね》

知恩院

相輪に月のかかれる除夜詣　井下静子

（『名所で詠む京都歳時記』）

いよいよ一年が終わろうとするとき、京都の町にいるとどこからともなく除夜の鐘が聞こえてくる。

近年は参拝者に鐘を撞かせてくれる寺院が増えたが、一度は行ってみたいのが浄土宗総本山知《ち》恩院《おんいん》の除夜の鐘である。知恩院の鐘は高さ三・三メートル、直径二・八メートル、重さ約七十トンと大きく、京都方広寺、奈良東大寺と並んで日本三大梵鐘に数えられている。しかも、鐘が撞かれるのは四月に行われる法然上人の御忌大会《ぎょきだいえ》と、除夜のときの年二回に限られている。

毎年、年の瀬が近づくと知恩院では除夜の鐘の試し撞きをする。鐘があまりにも大きいので、十七人の僧侶が息を合わせて撞くのだが、なかの一人は撞木《しゅもく》に仰向けにぶら下がって撞く。その様子がテレビで報じられると、一年が終わるという感慨が湧く。知恩院の除夜の鐘は、一年の終わりに欠かすことのできない風物詩なのである。

その年の大晦日、京都は大雪に見舞われていた。夜になって雪は止んだものの知恩院は雪景色のなかにあった。ライトアップされた国宝「三門」が、雪を載せて闇のなかに浮かび上がっていたのだ。あまりにも神々しく、仰ぎ見る息が白く凍える。まだ午後八時前だというのに、すでに長蛇の列ができている。除夜の鐘を撞くのを拝するための扉は午後八時に開き、十一時に閉ざされる。前年は閉門時間を知らずに出掛けたために参拝できず、一年間待っての参拝となったのだが、この行列には驚いた。しかし、雪景色の三門があまりにも美しいので、みんな三門を眺めてはシャッターを切っていた。

ようやく境内に入ったものの、鐘が撞かれる十時四十分まではまだかなりの時間がある。幾重にも連なった列に並んでいると、ときどき、大屋根に積もった雪が落ちて雪げむりが上がった。底冷えが厳しく、足先が凍り付く。

すでに十一時になっていただろうか、鐘楼に着くと、あたり一帯が厳かな緊張感に包まれ、聖なる空間になっていることがわかった。待っていた時間が一瞬に吹き飛ぶ。鐘の正面にまわると、撞木に大綱が一本、子綱が十六本付けられているのが見えた。それを僧侶たちが休みなく揺らしていると、親綱を持った僧侶が「えーい、ひとーつ」と大きな声で合図を送る。十六人の僧侶たちが「そーれ」と応えて綱を大きく引くと、親綱を持っている一人が仕切りを大きく蹴って勢いをつけて綱にぶら下がり、一身を投げ出すように撞木を鐘に打ち付ける。その一打ごとに三人の僧侶が恭しく五体投地《ごたいとうち》をするのである。鐘の音は祈りそのもので、その清々しい響きが一切を浄化してゆくことがわかる。

すでに新しい年が始まっていて、参拝者が溢れてきた。あとからあとからやってくる人々に場所を譲らなければならないことを承知の上で、私はついに最後の一打まで鐘楼に居た。最後の一打であることが告げられると、緊張感が漲り、参拝者は押し黙って鐘に注目した。最後の一打は、もっとも美しい身のこなしで、しかも満身の力を込めて打たれた。参拝者から歓声とともに拍手が沸き起こって、除夜の鐘は終わった。

しんしんと闇積もりゆく除夜の鐘　　井上　弘美

（『俳句日記2013　顔見世』平28）

新年

京都の初《はつ》詣《もうで》

平安神宮

平安神宮の初詣

京都の初詣でもっとも賑わうのは商売繁盛、五穀豊穣のご利益で知られる伏見稲荷大社。続いて、大晦日の「おけら詣り」で有名な八坂神社。同じく、大晦日の夜から応天門を開く平安神宮も参拝者が多い。平安神宮は歴史的には新しいが、庭園を含んで約二万坪といわれる広大な敷地を誇り、ゆったりとして清々しいので初詣にふさわしい。大晦日には回廊の吊り灯籠に火が入り、境内に篝火が焚かれる。朱色の社殿が、新年の闇に浮き上がる光景は幻想的だ。高校生だったころ、友達と「おけら詣り」に出掛け、続いて平安神宮に参拝。そのまま初日の出を見ようと、境内に陣取ったことがあった。

初日さす右近の衛府の実たちばな　　三嶋　隆英

（『旅と風土　風雪俳句集』平17）

ほかでは見られない平安神宮の新年の行事に「初能《はつのう》」がある。元旦の十二時半から、神楽殿で京都能楽会が三番叟《さんばそう》を奉納するのである。舞楽殿の正面に紙燭が置かれ、笛や鼓が奏でられると、淑気《しゆくき》という言葉がぴったりの、厳粛で晴れやかな気分になる。

初鼓からくれなゐの緒を捌き　　三村　純也

（『常行』平14）

三村氏はどこで初能をご覧になったのか。「からくれなゐの緒」に新年らしい香気と艶がある。平安神宮では六月初旬に、仮設舞台を組んで大掛かりな薪能が催される。そんなこともあって、元旦に祝能が奉納されるのだろう。神楽殿は能舞台ではないので、演者と観客が同じ平面に向き合うことになり、間近に見る演能には迫力がある。

何年も前、雪の元日を迎えたときには、雪景色の神聖な初能になった。しかも、ちょうど能が始まったころから雪が強く降り出し、降り積もる雪の音がしんしんと聞こえるのだった。冷え切った神楽殿に正座していると、大鼓《おおかわ》の冴えた音がひときわ高く響き、一年が始まるのだという思いに身が引き締まった。

釿《ちような》始《はじ》め

広隆寺

老禰宜のよろけ打つなり初手斧　三谷みゆき

（「橡」平14・3）

一月二日、洛西太秦《らくさいうずまさ》の広隆寺《こうりゆうじ》では、「釿始め」の儀式が行われる。釿始めは「番匠儀式《ばんしょうぎしき》」の一つで、儀式中もっとも華やかだといわれている。「釿始め」は「手斧始め」として歳時記に登載されている新年の季語でもある。

本堂前の神棚に鏡餅や五穀、鯛などの供物を飾り、烏帽子《えぼし》狩衣《かりぎぬ》姿の番匠が、蒔絵《まきえ》を施した儀式用の大工道具を使って測量、線引きなどの所作を行う。また、勢揃いした大工たちが京木遣《きやり》を歌うなど、新年らしい晴れやかな行事である。

番匠とは棟梁の意で、平安の昔から、宮殿や神社仏閣などの大きな建築を行うときは、必ず「番匠儀式」が行われた。その起源は聖徳太子の時代にさかのぼるとされる。広隆寺は国宝弥勒菩薩《ろくぼさつ》で知られるが、聖徳太子によって建立された古刹で本堂に聖徳太子像を祀《み》っている。この儀式は、太子に奉納することで、建築業の一年の無事を祈願するのである。かつては正月五日に木工頭が素襖《すおう》姿で朝廷に参内し、内侍所《ないしどころ》の前でこの儀式を行ったという。

午前十時、長さ八メートルの御木《みき》（檜の角材）が八人の大工によって担ぎ上げられると、拍子木が打たれ、大工姿の男たちが一斉に木遣を歌いだす。朗々たる歌声である。大工たちは全員黒ずくめで、背中に「匠」と白抜きにされた半纏《はんてん》を羽織っている。山門から斎場までの参道を、木遣を歌いながら、駕籠をかくように、角材を吊り提げてゆっくり歩くのである。先頭は狩衣姿の職人、それに雅楽奏者や神職が続き、その後ろを大工が行く。

儀式は、祝詞《のりと》奏上、雅楽演奏の後、本殿前の斎場に据えられた御木に、墨矩《すみのり》の儀（御木の寸法を測る）、墨打《すみうち》の儀（御木に墨を打つ）、釿打《ちょうなうち》の儀（墨にしたがって荒削りをする）、清鉋《きよかんな》の儀（削った面を仕上げる）の順で行われる。

この儀式は、木遣、雅楽の演奏以外はまったく無音で、一つ一つの所作が、古式に則ってゆったりと執り行われる。曲尺《かねじやく》や墨壺などの大工道具が美しく、建築が智慧と技の集積であることを改めて教えてくれる。私が子どものころには、大工さんがこういう道具を自在に操り、きびきびと立ち働いている姿が日常的に見られた。薄く長い鉋屑を、競うように拾い集めたりしたものだ。

「番匠儀式」は番匠家によって代々伝えられ、京都では古くから正月二日に行われていたが、昭和初年ごろには廃れてしまったという。それを『匠家故実録』（享和三年）などの資料をもとに復活したのが、この行事である。京木遣もまた同じころに消え去ろうとしていたのを収集、採譜したという。この行事は現在、京都市の無形民俗文化財に指定されている。「匠」たちの誇りが、失われゆく伝統行事を復活、保存したのである。

儀式の最後を木遣で締め括ると、きらきらと光のような雨が降った。

初 明 り 思 惟 の 菩 薩 の 指 の か げ　　阿波野青畝

（『あなたこなた』昭58）

蹴《け》鞠《まり》始《はじめ》

下鴨神社

一月四日、洛北の下鴨神社では蹴鞠始《けまりはじめ》が行われる。下鴨神社は「賀茂川」と「高野川」が合流し、「鴨川」となる位置にあって、境内に「糺《ただす》の森」を擁している。「糺の森」は平安時代以前の原生林の姿をいまもとどめていて、往時の十分の一の広さになったといわれるものの、約三万六千坪を誇る。その深い神の森の中で、王朝絵巻さながらの蹴鞠始が行われるのである。神前の「鞠庭《まりにわ》」には、新春の気分を味わおうと多くの人々が集まる。

けふことに比叡の晴るる鞠始　　野口喜久子

（『歯朶』平6）

下鴨神社の蹴鞠始

蹴鞠は約千四百年前に、仏教とともに中国から伝来したといわれている。法隆寺で蹴鞠が行われたとき、中大兄皇子《なかのおおえのおうじ》が鞠を蹴って落とした覆《くつ》を、藤原鎌足《ふじわらのかまたり》が拾い、それがきっかけで二人が親しくなったというエピソードはよく知られている。平安時代、蹴鞠は典雅な宮廷競技として貴族に広まり、規則が整うとともに洗練されていった。

蹴鞠が行われるのは、舞殿と神服殿の間に設けられた十五メートル四方の「鞠庭」である。四方に式木として笹が立ててあり、砂も美しく掃き清められている。常設の鞠庭には式木として、松、桜、柳、楓が植えられるというから、鞠庭そのものが神聖な場所であり趣向が凝らされていたことがわかる。さらに格式の高い鞠庭では、式木として四方に松が植えられたという。

下鴨神社の蹴鞠は、雨が降ると屋内で行われるので、高々と鞠を蹴り上げるためにも穏やかな晴天が望ましい。この行事は、現在は保存会の人々によって奉納蹴鞠として行われている。しかし、古くは一月十五日に、正月から続くさまざまな神事の致斎《ちさい》を解くための、祓《はら》えの神事として行われていたという。

大空に蹴上げて高し鞠《まり》始《はじめ》　山崎ひさを

（『名所で詠む京都歳時記』）

午後二時、神事を済ませた「鞠人《まりびと》」たちが、烏帽子に色とりどりの水干《すいかん》、葛袴《くずばかま》、鞠靴の姿で鞠庭にやってきた。先頭は松の枝に挟んだ「枝鞠《えだまり》」を掲げている。鞠は鹿革二枚を縫い合わせたもので、昔も今も貴重品である。松の緑に真っ白な鞠が挟んであるのが、いかにも新年らしい。鞠を松から外すことを、「解鞠《とけまり》」の儀式といい、鞠庭で恭しく執り行われる。

鞠の準備が整うと、鞠人が一人ずつ鞠庭に入ってくる。そのとき、片膝を地につけて深々と礼をする。蹴鞠は競うことより礼法を重んじる競技だというが、地に平伏すように礼をとると、大きな袂が地に広がり華やかである。蹴鞠は通常六人から八人で行うが、鞠庭に八人が広がると、山吹色や緋色、葡萄《えび》茶《ちゃ》、萌葱《もえぎ》色と衣装のあでやかさが一段と引き立つ。その、とりどりの衣装に囲まれて、白い鞠が高々と飛ぶのである。大きな袖は地面につく長さで、風に翻らないように袂に錘が下げてある。房のついた美しい錘で、それが鞠人が動くたびに揺れる。

紺ふかき装束翁や初蹴鞠　　桂　樟蹊子

（『朱雀門』昭49）

鞠は上半身を動かさず、足の甲で蹴る。それも、相手が受けやすいように蹴るのが心得である。面白いのは蹴るときの掛け声が、「ヨウ」「アリ」「オウ」の三声に決まっていることである。「ヨウ」は「春陽花」、「アリ」は「夏安林」、「オウ」は「秋園」の意で、式木に宿る神の名前なのだという。蹴鞠は輪になって鞠を蹴るという、シンプルなゲームだが、鞠人の技量は一目瞭然。見ていると簡単そうだが、やってみると意外と難しいとのことで、凡手は姿勢が崩れてしまうのである。上手な人は常に姿勢が保たれるので、どんな動作も絵になる。芸道に近い競技で、みやびな衣装が際立つのである。

新年の空に風が流れると、四本の笹が青々と揺らぐ。八人の鞠人はそれぞれ影を連れて、「アリ」「オウ」と蹴鞠の神を讃えつつ、真っ白な鞠を蹴り続けているのだった。

継ぐといふことを尊び初蹴鞠　　西村　和子

（『心音』平18）

白馬奏覧神事《はくばそうらんしんじ》

上賀茂神社

一月七日は「人日《じんじつ》」、七草粥の日である。この日、上賀茂神社では社頭に七草粥を供え、参拝者にも振る舞うと同時に、「白馬奏覧神事」を行う。新年の季語「白馬節会《あおうまのせちえ》」の流れを汲む行事で、宮廷行事が神事化されたものである。白馬を見ることで邪気を祓うという中国から伝わった行事で、嵯峨天皇に始まったという。

私が初めて「白馬奏覧神事」を見た日は、朝から雪が降り、雷鳴も轟いていた。こんな日でも神事は行われるのだろうかと思いつつ、上賀茂神社に着くと広い境内は新雪に覆われ、息を呑むような清らかさだった。降りしきる雪に傘をさそうとしても、強風にあおられて開くことができない。底冷えどころではない寒さに、たちまち身体が凍えた。

上賀茂神社の白馬奏覧神事

午前十時、吹雪の中を神官以下、神職が整列して神殿に入ると、神山《こうやま》号と名付けられた白馬が二人の白丁《はくちょう》によって曳き出されてきた。神山は社殿の後ろに聳え立つ御神体で、白馬はその名前を戴いているのである。

その神山号の背中に橙色の油単《ゆたん》が掛けられ、真っ白な太い腹帯が結ばれている。神事が執り行われている間、神山号は神殿の外にある門の下で、雪にまかれつつ静かに立っていた。まわりを参拝者が取り囲んでいたが、気にも留めない様子だった。吹きすさぶ風に耳を立て、白い息を吐いている姿には威厳があり、堂々たるものだ。白馬が一頭いることで、神殿の空気が引き締まる。陰陽五行では馬を陽の獣とし、病魔を祓うとして尊んだのが、よくわかる。「淑気」という季語がぴったりの情景だった。

奏覧の尾に淑気ある馬の形《なり》　板垣美智子

（「汀」平26・4）

やがて、白馬は神殿に曳き入れられた。祭神「別雷神《わけいかづちのかみ》」にご覧いただくのである。神前には七草の若菜が献じられている。祓えが終わると「折敷《おしき》」が運ばれて来る。盛られているのは茹でた大豆で、折敷から湯気が上がっているのが見えた。

白馬に饗することで、一年の無事と国家安泰を祈願するのである。しかし、一時間近く寒風に晒されていた神山号は気が進まないのか、大豆をほんの少し口にしただけで退出してしまった。

神殿を出て、小降りになった雪を眺めながら七草粥を食べる。かつて、宮中で「白馬節会」が行われたときは、左右の馬寮から、二十一頭の白馬を曳き出したという。神聖な行事と清浄な食物に、ひととき、満たされる思いだった。

神山の水に仕立つる七日粥　川崎清明

（「汀」平26・4）

十日《とおか》ゑびす《え》

恵美須神社

一月十日はゑびす神の誕生日。「初ゑびす」は「十日ゑびす」とも呼ばれ、年の初めに商売繁盛、家内安全を祈願する人々で賑わう。京都の恵美須神社は、小さな神社ではあるが、兵庫県の西宮神社、大阪の今宮戎神社と並んで参拝者が多い。祇園という華やかな場所にあることもあって、神社へ行く縄手通には屋台が隙間なく並び、福笹を手にした人で新年らしい活気に包まれる。

金 銀 の 古 代 裂 選 り 宵 ゑ び す　　山田 久恵

（『季まひまひ』）

ある年の、初ゑびすはあまりにも参拝者が多く、本殿に近づくことすらできないほどだった。それでも福笹を求め、真っ赤な鯛や金色の小判などを付けてもらう。商売繁盛の福笹に付ける縁起ものは、千両箱や蔵など景気の良いものばかりで、好みに応じて買い求めることができる。福笹をかざして人波に押されながら参拝すると、巨大な鮪が供えられているのを目の当たりにすることができた。この日はときどき風花が舞うような寒さで、凍てきった鮪の眼がしんと静かなのが印象的だった。

ところで、「ゑびす神は耳が遠い」という俗信は、どういう典拠によるのだろう。歳時記を開くと、『歯がため』（天明三）や、同じく天明三年に刊行された『華実年浪草《かじつとしなみぐさ》』に、ゑびす神は耳が遠いので、参拝者が社の後ろの羽目板を叩いて、「参りました」と唱える、その音と声が昼夜とめどなく響いてうるさいなどということが書かれている。恵美須神社では、本殿の南側に羽目板があって、それを叩くことになっている。そこにも長い行列ができていたが、私も並んで叩いた。叩いているのは板だが、ゑびす神の肩を叩いてお願いするような親しさだ。他の参拝者と一緒にドンドン叩いていると、なごやかな気分になるのが不思議だった。

山下喜子氏の『季まひまひ』によると、境内に祀られている小松天神は別名「足どめ天神」と呼ぶとのこと。狛犬の足に名前と歳を書いたお札を括りつけ、日参すると霊験《れいげん》があらたかだそうで、「祇園の粋筋が旦那衆の足止めを祈願するとか」と書かれている。そんなご利益も含めて、新年の「えべっさん」は福笹を求める人、羽目板を叩く人で大賑わいである。

福笹の千両箱の軽さかな　栗原元一

（『新京都吟行案内』）

吉兆をかかげて寝ぬる京は雨　長谷川かな女

（『川の灯』昭38）

裸《はだか》踊《おどり》

法界寺

京都市伏見区に、真言宗醍醐派の別格本山、日野法界寺がある。観光ルートから外れているのであまり知られていないが、土地の人々には「日野のお薬師さん」として親しまれている。

日野は古くは猟場であった。『日本書紀』に天智天皇が即位の翌年（六六九）に猟をした記述があるほか、桓武天皇がたびたび狩猟に訪れたとの記録が『類聚国史《るいじゆこくし》』に見える。また、この地は親鸞聖人生誕の地でもある。法界寺から少し東の地に日野有範《ありのり》の墓とされる石塔があるが、有範は法界寺を創建した日野資業《すけなり》の末裔であり、親鸞聖人の父である。さらに、日野は『方丈記』を著した鴨長明が庵を結んだ地でもある。江戸期のものではあるが、法界寺の裏手から、長明の方丈庵跡へと辿ることができる。

庵跡の石さむざむと木々のこゑ　鍵和田秞子
（『胡蝶』平17）

その法界寺では、元旦から二週間、五穀豊穣、万民快楽《ばんみんけらく》を祈願して修正会法会《しゅしょうえほうえ》が行われる。本尊の薬師如来は秘仏のため拝することはできないが、伝教大師が自ら彫った三寸像を胎内に納めているとの伝承がある。この薬師如来は安産と授乳にご利益があるとのことで広く庶民に信仰されているが、おそらく胎内に仏が納められていることによるのだろう。結願を迎える十四日の夜に、男たちによって「裸踊」が奉納される。

日野の夜の裸祭を見に行かな　辻田克巳
（『幡』平2）

午後七時からの薬師堂での法要に続き、八時過ぎ、まず少年たちが「裸踊」を奉納。続いて大人たちの裸踊が始まる。男たちは、仏前に供えられた晒木綿《さらしもめん》の褌を身に付け、裸足で筵を伝い阿弥陀堂から井戸へと移動する。井戸には灯りが灯されていて、たくさんの桶に水が汲まれている。一人ずつ汲んでいたのでは間に合わないからだ。着ぶくれた参拝者に囲まれて、十四、五名の男たちが、次々に下帯一枚で一気に水をかぶる。凍りつくような飛沫があちらこちらから飛んで、あたりはたちまち水浸しになる。その水垢離《みずごり》の気合いに圧倒されつつ参拝者も阿弥陀堂へと移動する。

阿弥陀堂は鎌倉時代に建立された国宝であり、阿弥陀如来坐像も国宝。普段は閉ざされているが、この日は蔀戸《しとみど》が開かれて外から拝することができる。「裸踊」は荘厳な阿弥陀如来を背後に、広縁で賑々しく行われる。男たちは両手を高く差し上げ、背中合わせに激しく押し合いつつ、「頂礼《ちょうらい》、頂礼」と息白く唱えて床を踏みならす。その寒風に裸身を晒す姿は、精進潔斎をしての法悦境とも思える。

かつては法会を終えた僧侶たちが薬師堂から出てくると、参拝者に向かって牛頭宝印《ごずほういん》を投げた。人々は競ってそれを奪い合ったというが、あまりにも危険をともなうので現在は希望者に授与されるように変わった。

よろこびの裸踊や日野薬師　丈石

（『名所で詠む京都歳時記』）

丈石は江戸中期の俳諧師で京都の人。「裸踊」は歳時記には登載されていないが、「日野薬師」との組み合わせによって新年の行事であることは明らかである。「裸踊」や「裸祭」は全国に見られるが、その多くは正月の修正会の行事の一環として行われている。宝木《しんぎ》を奪い合う

法界寺の裸踊

岡山県西大寺の「会陽《えよう》」、牛王札を争奪する大阪、四天王寺の「どやどや」などは歳時記にも立項されていてよく知られている。日野にはほかにも「裸踊」が伝承されていたようだが、いつしか廃れて法界寺にだけ残ったという。男たちの付けた下帯は安産のお守りとなる。呪術的な妖しさがもたらす、生命誕生のエネルギーだ。

空には寒中の星がいくつも瞬いていた。

通《とお》し矢《や》・柳《やなぎ》の御《お》加《か》持《じ》

三十三間堂

矢音して堂影長き霜雫　　磯貝碧蹄館

（『地名俳句歳時記6』）

新年に授与される「破魔矢」は、神社によって少しずつ異なるが、三十三間堂の「破魔矢」は、弓と矢がセットになっていて、工芸品のように美しい。これは、一月中旬に行われる「通し矢」にちなんでいるからである。

三十三間堂の「通し矢」は、江戸時代初期に始まったとされる。当時は本堂西軒下で行われていたので、射場から的までは約百二十メートルあった。現在は、本堂西側の特設射場を使うので、射程は半分の約六十メートルである。それでも、かなり遠く感じる。
初めて出掛けたときは、一日がかりの競技を最後まで楽しんだ。弓を射る作法や姿形の美しさ、的に当たったときの豪快な音など、同じ事の繰り返しなのに、何時間見ていても飽きない。たった二本の矢を射るだけなのだが、人間ドラマも垣間見える。以来、何年かは毎年出掛けていた。
現在は十五日に近い日曜日に行われるが、以前は成人の日に行われていたので、振り袖に襷《たすき》がけをした新成人の勇姿を見るのが楽しみだった。この季節には小雪が舞うこともあって、ことのほか美しい。大学の弓道部や各地の弓道場など、全国から約二千人もの選手が集まって腕を競う。

振袖を襷になだめ弓始　牧野　治子
（『名所で詠む京都歳時記』）

弓始乙女なかなか達者なる　前田　星子
（同）

初めて見たとき、一番驚いたのは有段者の競技に入る前に的が掛け替えられたことだった。直径一メートルあった的が、半分くらいの大きさになった。なるほど、同じ距離でも、的が小さくなれば精度が要求される。距離を変えず、的の大きさを変えるという発想がとても新鮮で、観客席からは驚きの声が上がった。もともと遠いと思っていた的が、遥かに遠くなり、競技は佳境に入るのである。

ところで、「通し矢」の行われる日には、本堂で「柳の御加持」が行われる。「三十三間堂の楊枝浄水供《ようじじょうすいく》」という名称で、新年の季語に登載されている。これは、中央の須弥壇《しゅみだん》に安置されている千手観音坐像の前で七日間修せられる天台密教の秘法で、「柳の御加持」はその修法の結願日に行われる。妙法院門跡が、柳の枝で参拝者の頭に浄水を振りかけると、一年間頭痛が起きないという。

この浄水は、閼伽水に柳の枝をさして、堂宇の千一体の千手観音に祈願したものである。昔、後白河法皇が頭痛に悩まされているとき、この観音への祈願によって治癒したことによると伝えられている。私も長い行列に並んで戴いたことがある。神々しい千手観音に囲まれて霊水の飛沫を浴びると、飛沫が暖かく安らぎに満たされるような気分になる。

楊枝水《ようじすい》こぼさじと掌に受けにけり　名和三幹竹

（『名所で詠む京都歳時記』）

懸《け》想《そう》文《ぶみ》売《う》り

須賀神社

二月、節分とその前日、洛東にある須賀神社に「懸想文売り」が出る。烏帽子、水干に白い覆面といった異風の男が、梅の枝をかざした風流な姿で、奉書に包んだ王朝風の「懸想文」を売るのである。

もとよりも戀は曲者の懸想文　高浜虚子
（『高浜虚子全俳句集』昭55）

懸想文売る水干の夕かげり　江口井子
（『名所で詠む京都歳時記』）

「懸想文」は江戸時代の京都の風俗行事で、商売繁盛や良縁をもたらす護符として売られた。早くに絶えてしまったようだが、当時の風俗を伝えようと近年復活されたのである。良縁祈願だけではなく、人知れず鏡台や箪笥の引出しに入れておくと、みめかたちが美しくなり衣装が増えるというので、多くの女性が求める。

須賀神社の祭神は素戔嗚尊と櫛稲田比売命で、縁結びや厄除け、交通安全の神として祀られている。普段はひっそりとした小さな神社であるが、このあたり一帯の産土神《うぶすながみ》であるという。須賀神社の北には吉田神社、向かいには聖護院、南に平安神宮、さらに南へ行くと祇園の八坂神社と、周辺には節分行事で賑わう社寺が集まっている。節分の日は、これらを巡り歩いて楽しむ人も多い。

むつかしきことをまゐらす懸想文　大石悦子
（『自註現代俳句シリーズ　大石悦子集』平26）

懸想文祇園に見たる記憶あり　藤田湘子
（『神楽』平11）

ところで、「懸想文」は新年の季語として歳時記に記載されている。これは、江戸時代、正月元日から十五日まで、八坂神社に所属する犬神人《いぬじにん》が「懸想文」を売り歩いたことによる。

『花火草』（寛永十三年ごろ）や『増山の井』（寛文七年）『毛吹草』（正保二年）などには、「けしやう文」「けさう文」「けさう文売る」と記されている。また、『曾呂利狂歌《そろりきようか》咄』（寛文十二年）や『雍州府志《ようしゆうふし》』（貞享元年）には詳しい記述があり、「懸想文売り」が赤い布衣《ほい》に身を包み、古くは烏帽子、当時は編笠をかぶり、覆面をして町を売り歩いたことや、畳紙《たとうがみ》の中に洗米《あらいよね》を二、三粒入れたものを「懸想文」と名付けて売り、買う人の求めに応じてさまざまに祝言を申し述べていたことがわかる。『曾呂利狂歌咄』には、「いとおもしろく売りける」とあるから、正月らしい晴れやかさをもった行事だったのだろう。しかし、どちらの書も、それがすでに絶えてしまっていることを伝えている。

現代の「懸想文」は、Ａ４判の紙を縦半分に折った位の大きさで、「懸想文」と大きくしたためた奉書の中に、結び文が入っている。開くと巻紙の風情で「我が宿の　庭をさやかに望月の　影あかあかと照らしつつ　重ね来し夜を月讀の…」と雅文が続く。この文面は毎年変わるが、最後は「戌聡雄より　亥代さま　まゐる」などと、干支のバトンタッチで結ばれる。こんなところに、かつては新年に売り歩かれた護符であった面影が感じられる。

懸想文東山より届きけり　星野椿

（『地名・俳枕必携』）

読み通しえぬままに閉ぢ懸想文　鷹羽　狩行

（『十友』平4）

「懸想文」は朝九時から夜の九時まで売られるが、夜に行くと神社そのものも落ち着いていて風情がある。節分のころは厳寒期なので、境内に大きな火が焚かれるのだが、その火の粉が飛んで、艶なる趣の白い覆面の「懸想文売り」に、さらなる趣をもたらすのである。ある年は、ふと見上げると東山に満月が上がり、ときどき雪がちらついているのだった。赤い毛氈《もうせん》を敷いた床几に座り、大豆の入った熱いお茶を戴きながら、立春前夜の大きな月を心ゆくまで眺めた。

懸想文春駒よりと結びあり　平岡　公子

（『文の数かず』平27）

懸想文売り白息を洩らしをり　山尾　玉藻

（『人の香』平27）

淡雪を讃ふることも懸想文　後藤比奈夫

（『祇園守』昭52）

節《せつ》分《ぶん》会《え》

吉田神社・壬生寺

京都は節分のころがもっとも冷えて、雪になることもある。その張り詰めた寒気の中を、人々は待ち望んだように節分会に出掛ける。吉田神社の「方相氏《ほうそうし》」による追儺《ついな》式、六波羅蜜寺の土蜘蛛装束の厄鬼を追い払う六斎念仏《ろくさいねんぶつ》、八坂神社の蓬莱に住むという福鬼、壬生寺の追儺狂言、聖護院の山伏の法力で鬼を調伏させる節分会、盧山寺《ろざんじ》の所作が猿楽に由来するといわれる鬼法楽など、各社寺によって伝統を誇るさまざまな節分会が執り行われる。次の一句は八坂神社での詠。やはり雪が降っている。

簪《かんざし》の梅に雪片鬼は外　石動敬子

（『逢隈』平26）

邪気を払う節分の追儺は、中国では先秦の時代、紀元前三世紀ごろにはすでに行われていたという。日本に伝わったのは七世紀末から八世紀にかけてのことで、それが追儺式として宮廷の公式行事に採り入れられたのである。かつては旧暦が使用されていたので、立春前日の節分は十二月末にくることが多かった。そこで、宮中では大晦日に年中行事として追儺式を行ったのである。その平安朝の追儺式を復元したのが吉田神社の節分会である。ただし、宮中の追儺式では登場しない、鬼が現れる。

午後六時、大鳥居の下に準備された篝火に火が入ると、大きなうなり声とともに赤、青、黄の三匹の鬼が現れた。冷え切った境内で待ち構えていた人々から歓声があがる。この鬼を追い払うのが「方相氏」である。黄金の四つ目の赤い面をかぶり、八人の侲子《しんし》（子舎人）を従えている。方相氏は中国の疫神で、四つの目で人には見えないものを見透す。右手に矛、左手に盾を携え、陰陽師が祭文《さいもん》を読み終わると、その盾と矛《ほこ》を三度打ち鳴らし、舞殿の周囲を巡り歩いて鬼を追うのである。方相氏は大きな赤い面をかぶり、肩まで銀髪を垂らし、塗りの高下駄を履いているので一際大きく威厳がある。侲子の後ろには手松明を掲げた裃姿の人々が続き、

「おう、おう、おうー」と声高らかに邪気を祓う。篝火や手松明の炎が揺らぎ、鬼や方相氏が大きな影を落とすと、境内は幻想的な雰囲気に包まれる。次第に鬼が弱り、追い詰められると、公卿が桃の弓で葦の矢三本を射て鬼を払い、儀式は終了する。

八方へ射る芦の矢や追儺式　　五十嵐播水

（『自註現代シリーズ　五十嵐播水集』昭57）

最初にも触れたように、吉田神社で行っている追儺式は『政事要略』（寛弘五年ころ）などの故実書に基づいて、平安時代に宮中で行われていた行事を復元し、昭和初年ごろから行われている。また、節分の日には普段は閉ざされている大元宮が開扉される。正面に厄塚が立てられていて、ここに節分に追われた鬼が封じ込められるのである。厄塚は翌日、午後十一時からの火炉祭で焼かれる。

節分の夜は京にあり壬生にあり　　上村　礼子

（『名所で詠む京都歳時記』）

ところで、節分の日、もっとも賑わうのがこの吉田神社と壬生寺である。吉田神社が京都の表鬼門に当たるのに対し、壬生寺は裏鬼門に当たる。当日は臨時バスが運行され、この二箇所

壬生寺の炮烙

を往復することもあって、両方を参拝する人が多いのである。

壬生寺は「壬生狂言」が春の季語になっていることでよく知られているが、節分には追儺狂言「節分」が上演される。また、沿道や境内にひしめく露店に「炮烙《ほうらく》」売りが出て人々を集める。両手で抱えるほどの大きな素焼きの炮烙に、家族の年齢と願い事を書いて納めるのである。この「炮烙」が、四月に行われる壬生狂言の演目、「炮烙割り」で舞台から派手に落とされ、粉々になって災厄を免れることができるのである。

壬生寺には、よく夜に出掛けて、狂言の「節分」を観た。当日は午後一時から毎時八回上演されるのだが、最後の舞台を観ることが多い。昼には護摩が焚かれ多くの参拝者が訪れるので、人混みを避けられる。しかも、夜、冷え込むなかを行くと狂言舞台が明るく灯っていて、遠くから眺めると、懐かしい気分になる。舞台の目付柱に「節分」と演目を書いた札が掛けられ、柊に鰯の頭を挿した厄除けが飾されると、節分の夜だと実感する。

壬生狂言の鬼は蓑笠を付けた旅人として現れる。一夜の宿を得るために変装し、後家に着物や帯を贈って酒宴となる。壬生狂言は無言劇だが、鬼も、鬼に騙される後家も深くかぶった面から白い息を吐いているのが生々しい。舞台も観客席も吹きっ曝しで、どんなに着ぶくれていても凍える。やがて、鬼は正体を見破られ、豆を打たれる。後家が力一杯投げつける豆が鬼に当たり、ばらばらと音を立てて舞台に弾ける。その豆の音と、笛や鉦、太鼓のお囃子だけがあたりに響く。鬼は黙って豆を打たれ続け、節分の夜が更けてゆく。

あとがき

三十歳で俳句を始めたとき、祇園祭や葵祭といった京都の代表的な祭や、子どものころから慣れ親しんできた大文字や芋茎祭といった歳事が、ことごとく季語であることに驚きました。そして、一つ一つの歳事に古都の伝統が息づいていること、時代を超えて、歳事にはこの地に生きる人々の願いや祈りが込められていることを知りました。さらには、これらの歳事を継承するために投じられる膨大な時間と費用、それを支える人々の情熱などを目の当たりにすることで、歳事に対して深い尊敬の念を抱くようになりました。以来、京都の歳事をできるだけ多く、可能な限り繰り返して見るように心掛けてきました。

平成十六年からは活動の拠点を東京に移しましたが、京都の歳事への思いはいっそう深いものになりました。上賀茂神社の茅の輪をくぐることなく、祇園囃子を聞くことなく過ごす夏は、私にとっては本当の夏ではないのです。そんな思いを込めて、平成二十年秋から二年間『俳句研究』に「京都」「京都—ふたたび」と題して歳事のことを書きました。本書に収めた歳事のほとんどはその連載で紹介したものです。その後、平成二十四年に俳誌「汀」を創刊してからは、「汀」の仲間と共に歳事を見てきました。その成果として、「汀」で誕生した俳句を本書に収めることができました。

京都の歳事を紹介した本はたくさんありますが、この本の特徴は歳事と俳句によって構成している点にあります。歳事が時代を超えて連続する線なら、その線を点によって切り取ったものが俳句です。例えば、晩年を京都で過ごした蕪村は、葵祭や壬生狂言の句を残しています。また、書き残したものの中で祇園囃子や顔見世に触れています。蕪村は鉾町に住んでいましたから、祇園祭とともに夏を過ごしたはずです。そう思うと、祇園囃子の音色がいっそう貴重なものに思われます。京都の千年を誇る歳事が季語になったことで、季語という視点で歳事を見ることができるのです。

平成二十六年には祇園祭の大船鉾が復活しましたが、一方で中断している歳事もあります。歳事もまた時代の変遷とともにあります。この本に収めたのは、俳句とともに切り取った京都の歳事の「今」です。

本書の出版は『俳句研究』への連載当時からお世話になった石井隆司様、『俳句』編集長白井奈津子様、そして、平澤直子様の尽力によって叶ったものです。心より感謝申し上げます。

平成二十九年三月吉日　　井上弘美

主要参考文献

『京都の歴史』1・3・6 京都市編 學藝書林 昭和四十八年
『日本祭礼風土記』2 宮本常一編 慶友社 昭和三十七年
『物語 京都の歴史』脇田修・脇田晴子 中公新書 平成二十年
『京都の神社と祭り』本多健一 中公新書 平成二十七年
『宗教歳時記』五来重 角川選書 昭和五十七年
『京都発見1〜3』梅原猛 新潮社 平成九年〜十三年
『京都の歴史を足元からさぐる 洛北・上京・山科の巻』
森浩一 学生社 平成二十年
『京都の歴史を足元からさぐる 北野・紫野・洛中の巻』
森浩一 学生社 平成二十年
『京都の夏祭りと民俗信仰』八木透編著 昭和堂 平成十六年
『京のまつりと祈り』八木透 昭和堂 平成二十七年
『洛中洛外 京の祭と歳時12カ月』落合俊彦 竹内書店新社 平成十一年
『京の歳時記 今むかし』別冊太陽 平成十八年
『京都の祭り暦』森谷尅久編 小学館 平成十二年
『京都の三大祭』所功 角川選書 平成八年
『祇園祭』川嶋將生 吉川弘文館 平成二十二年
『写真で見る祇園祭のすべて』
島田崇志 光村推古書院 平成十八年
『虚子京遊句録』高浜虚子 書林三余舎 昭和四十年
『虚子の京都』西村和子 角川書店 平成十六年
『民間暦』宮本常一 講談社学術文庫 昭和六十年
『私の古寺巡礼』一・二
井上靖監修 光文社知恵の森文庫 平成十六年・十七年
『世界文化遺産 下鴨神社と糺の森』
賀茂御祖神社編 淡交社 平成十五年
『下鴨神社今昔 甦る古代祭祀の風光』
糺の森財団編 淡交社 平成十七年
『賀茂御祖神社略史』賀茂御祖神社社務所編・発行 平成十六年
『新版 古寺巡礼法界寺』岩城秀親・井上章一 淡交社 平成二十年
『西山宝鏡寺門跡』嶋本尚志 西山宝鏡寺門跡 平成二十二年
『壬生大念佛狂言』多田學・清野智海 學藝書林 昭和五十二年
『鞍馬山歳時記』信楽香雲 くらま山叢書4 昭和六十三年
『京都 祭と花』廣江美之助 青菁社 平成二年
『蕪村俳句集』尾形仂校注 岩波文庫 平成十五年

『蕪村句集』玉城司訳注　角川ソフィア文庫　平成二十三年
『蕪村文集』藤田真一編注　岩波文庫　平成二十八年
『蕉門名家句選』上下　堀切実編注　岩波文庫　平成元年
『中興俳諧集』古典俳文学大系13　集英社　昭和四十五年

引用句に使用した歳時記

『図説 俳句大歳時記』全五巻　角川書店　昭和四十八年
『ふるさと大歳時記4 北陸・京滋ふるさと大歳時記』
角川書店　平成六年
『カラー図説日本大歳時記』新年〜冬　講談社　昭和五十七年
『角川俳句大歳時記』新年〜冬　KADOKAWA　平成八年
『第四版 合本俳句歳時記』KADOKAWA　平成二十年
『季まひまひ』山下喜子　LUNAWORKS　平成二十年
『京都吟行案内』社団法人俳人協会　平成元年
『新京都吟行案内』社団法人俳人協会　平成十八年
『地名俳句歳時記6 近畿I 滋賀・京都』
山本健吉監修　森澄雄編　中央公論社　昭和六十一年
『名所で詠む京都歳時記』京都名句鑑賞会編　講談社　平成十一年
『新編 月別 祭り俳句歳時記』山田春生編　紅書房　平成二十三年
『新編 地名俳句歳時記』
山田春生編　皆川盤水監修　東京新聞出版局　平成十七年
『新編 月別 仏教俳句歳時記』
山田春生編　皆川盤水監修　東京新聞出版局　平成十八年
『地名・俳枕必携』KADOKAWA　平成二十五年

本書の引用句の表記について

近世俳人は俳号のみ、近現代俳人は姓と俳号で示した。出典は、原則として収録句集名を『　』で示した。雑誌名は「　」で年次と月号を示した。

刊行年は明治は「明」、大正は「大」、昭和は「昭」、平成は「平」と略称で示し、江戸期については和暦名で示した。

「引用句に使用した歳時記」としてまとめた歳時記等は本文中の刊行年を略した。

井上弘美《いのうえひろみ》

一九五三年京都市生まれ。俳人。俳句雑誌「汀」主宰。「泉」同人。早稲田大学教育学部修士課程卒業。公益社団法人俳人協会評議員。日本文藝家協会会員。俳文学会会員。朝日新聞京都俳壇選者。武蔵野大学非常勤講師。早稲田大学エクステンションセンター講師他。句集に『風の事典』・『あをぞら』（第26回俳人協会新人賞）・『汀』他、句文集に『俳句日記２０１３ 顔見世』がある。また著書に『俳句上達９つのコツ』『実践俳句塾』他がある。

本書は「俳句研究」（角川ＳＳＣ、角川マーケティング、角川マガジンズ）の２００８年秋の号から２０１０年夏の号まで連載された「京都」「京都―ふたたび」に新たに書き下ろしを加え、加筆修正の上、刊行したものです。

季《き》語《ご》になった
京《きょう》都《と》
千《せん》年《ねん》の
歳《さい》事《じ》

平成29年4月5日　初版発行
平成30年1月15日　2版発行

著　者　井上弘美

発行者　宍戸健司

発　行　一般財団法人 角川文化振興財団
〒102-0071 東京都千代田区富士見1-12-15
電話 03-5215-7819
http://www.kadokawa-zaidan.or.jp/

発　売　株式会社 KADOKAWA
〒102-8177 東京都千代田区富士見2-13-3
電話 0570-002-301（カスタマーサポート・ナビダイヤル）
受付時間 11:00～17:00（土日 祝日 年末年始を除く）
http://www.kadokawa.co.jp/

DTP　株式会社オノ・エーワン

印刷・製本　中央精版印刷株式会社

 ISBN 978-4-04-876457-5 C0095